La quête de Niagalé

ISBN : 978-2-84713-892-4
ISSN : *en cours*
Dépôt légal : septembre 2024

Couverture : © Éditions du Carmel
Dessin : Élisabeth Rodary –Colorisation : Claire Aubry
claire.aubry6@gmail.com – Instagram : @fairedubeau
Illustrations intérieur: Élisabeth Rodary
zabeth.rodary@gmail.com

33, avenue Jean Rieux 31500 – Toulouse
T : (33) 05 62 47 16 86
www.editionsducarmel.com

Éditions du Carmel

William Stuart

La quête de Niagalé

RéCréation

Niagalé

Le mariage allait avoir lieu dans trois jours et tout Namuzungo était en émoi. Namuzungo était l'immense capitale du royaume des Lubas, un pays de plaines arides au milieu desquelles elle s'élevait, bâtie autour d'un immense éperon rocheux si rouge qu'on aurait dit qu'une flamme s'élevait vers le ciel lorsqu'on l'apercevait de loin. On appelait le palais royal Kaala Ndormeï : la maison de l'eau et du feu. Il s'accrochait au rocher rouge en mille terrasses où fleurissaient des jardins enchanteurs, abreuvés de sources. Il y avait d'ailleurs des jardins dans toute la ville, car elle s'étendait dans une boucle de la grande rivière Uzungo qui surgissait miraculeusement du sol à quelque distance de là, vers le nord. La rivière était abondante comme un fleuve, et ses eaux chargées de limon fertilisaient le maigre sol du royaume des Lubas. C'est elle qui avait fait de Namuzungo une ville si riche et prospère, c'est elle qui avait permis aux Lubas de dominer toutes les tribus avoisinantes et d'étendre leur royaume bien loin vers le nord, vers le sud, vers l'est, vers l'ouest. Et aujourd'hui, Namuzungo, « la ville de l'Uzungo », le centre du royaume, la ville où affluaient les caravanes, la ville aux cent palais et aux mille jardins, Namuzungo était en émoi, car le mariage allait avoir lieu dans trois jours.

Niagalé le savait bien, et elle savait que sa radieuse beauté était au centre de tous les chuchotements des jeunes filles jalouses, que la richesse et le luxe où elle vivrait en devenant la reine des Lubas faisaient pâlir d'envie les marchands venus des contrées voisines. Mais Niagalé ne s'en souciait pas. Elle était simple et sans prétention. Ce n'était pas l'admiration ou l'envie des autres qui lui plaisait, ce n'étaient pas les yeux écarquillés et pleins d'admiration des habitants qui lui donnaient l'impression d'exister. Non, Niagalé voyait bien tout cela, mais elle ne s'en gonflait pas d'orgueil.

Ce qui la rendait heureuse, c'est qu'elle allait se marier avec le prince Abimbi, si beau, si bon, si prévenant avec elle. Elle l'aimait. Elle l'aimait tant que le reste semblait à peine compter pour elle. Elle en avait oublié sa famille et la maison de son père, qui n'étaient qu'un lointain et vague souvenir. Mais n'en est-il pas ainsi pour toute jeune femme ? Et surtout une jeune Sérère, de cette tribu oubliée des confins du royaume, une jeune Sérère qui allait épouser le prince des Lubas en personne. Niagalé n'était ni fière de ses robes ou de ses bijoux éclatants, ni occupée à se montrer et à chercher toujours plus de louanges comme le font trop souvent les jolies jeunes princesses. Non, Niagalé aimait son prince, et il allait l'épouser dans trois jours. Selon la coutume des Lubas, les fiancés ne devaient pas se voir durant les huit jours qui précèdent le mariage, mais Niagalé se souvenait avec joie de ces longs jours où le prince Abimbi l'avait comblée de bonté et de tendresse après être allé la chercher chez ses parents, jusqu'au jour ensoleillé entre tous où il lui avait demandé de l'accepter pour époux. Personne ne faisait ainsi, ni chez les Lubas, ni chez les Sérères, ni dans aucune tribu du royaume. Les mariages étaient convenus entre les hommes, les plus puissants pouvaient même choisir leur épouse, et tout était très bien ainsi. Mais le prince Abimbi était différent. Il lui avait demandé sa main à elle, Niagalé, la pauvre petite paysanne.

Car Niagalé était une petite paysanne, cela, elle le savait bien. Toute sa mémoire avait été comme recouverte par son nouveau bonheur ; elle était cependant trop profondément modeste, trop intelligente aussi pour ignorer qu'elle n'appartenait certainement pas à ce monde fastueux et opulent où tout lui semblait étrange. D'innombrables serviteurs veillaient à combler ses moindres désirs, des servantes la couvraient d'aromates, de bijoux, de tissus somptueux ; tout cela paraissait un peu déplacé pour la petite fille de la terre qu'elle était. Tout cela passait au-dessus d'elle sans l'atteindre, sans troubler sa grande simplicité, et elle n'en était que plus belle.

Le mariage allait avoir lieu dans trois jours, les préparatifs battaient leur plein. Les odeurs du festin à venir montaient déjà depuis les salles inférieures du palais. Dans la grande cour, au pied du rocher rouge et devant les immenses portes qui s'ouvraient sur la ville, on dressait une immense estrade où les époux allaient sûrement se promettre fidélité. C'est ce qu'elle supposait du moins, ne connaissant pas les traditions des Lubas. Elle ne voulait pas tellement savoir. Son prince lui montrerait. En attendant, elle pouvait se promener à son aise une bonne partie de la journée. Les servantes lui prodiguaient de longs soins de beauté durant la matinée, et puis elle était libre d'aller et de venir dans le palais, et même dans la ville. Une petite troupe de guerriers l'accompagnait alors, et les habitants se pressaient aux fenêtres pour la voir passer, les enfants se massaient sur les places. C'est qu'elle était belle, la future reine. Lorsqu'elle continuait son chemin, elle entendait un murmure derrière elle, comme un chant étrange dont elle ne comprenait pas le sens. Le soir, elle aimait surtout se promener dans les jardins. Là, on la laissait seule, et elle sentait combien elle avait été proche des arbres, des fleurs et des animaux, dans son lointain pays. Il ne restait plus que trois soirs avant le grand jour des noces ; l'air était frais et plein des parfums que le chaud soleil avait distillés toute la journée. Des nuées d'oiseaux voletaient de branche en branche, dans le rougeoiement du ciel, les mille sources des merveilleux jardins de Kaala Ndormeï faisaient entendre leur murmure. Tout était si beau. Niagalé s'adossa à un grand anacardier qui répandait son parfum enivrant, elle ferma les yeux, tendrement bercée par le chant des sources et le pépiement des oiseaux. La musique étrange de l'un d'entre eux revenait comme un refrain. Tout était bien.

C'est alors qu'elle se réveilla.

Lokolaka

Cela peut paraître étrange, et pourtant c'est exactement l'impression qui l'envahit. Elle se réveillait d'un long assoupissement; comme on est tiré du sommeil par un bruit soudain, les sens en alerte, prêt à réagir au danger. Allongée contre le bel arbre, elle ouvrit les yeux, emplie d'un sentiment de crainte indéfinissable. Une brume semblait s'être levée, et tout ce qui lui paraissait doux et bienveillant avait revêtu un tour menaçant. Les pierres des murs étaient soudain aiguës et coupantes; les oiseaux criaient en se poursuivant pour s'arracher la nourriture les uns aux autres; le parfum des fleurs était presque étouffant. Mais Niagalé ne prit pas tout de suite le temps de noter ce brusque changement. Car quelqu'un l'avait appelée par son nom. Comme un cri très lointain. Niagalé, Niagalé, Niagalé...

– Qui est là dit-elle, regardant partout autour.

– Niagalé, n'oublie pas, reviens, reviens.

Elle se leva dans le jardin hostile. Il n'y avait personne. Et puis soudain elle leva les yeux. Un petit oiseau bleu la regardait étrangement et fixement, de son grand œil jaune. Niagalé était simple; elle s'adressa tout de suite à lui, certaine qu'il parlait.

– Est-ce toi qui m'as appelée, petit oiseau?

Il resta immobile un instant, puis leva le bec.

– Niagalé, Niagalé, Niagalé, souviens-toi.

– De quoi dois-je me souvenir, petit oiseau. Et d'abord qui es-tu ?

Je suis Lokolaka, l'oiseau qui ouvre les yeux, l'oiseau qui rend sage les cœurs.

– Bonsoir Lokolaka. Tu me connais apparemment. Dis-moi ce qui se passe, Lokolaka. Que m'est-il arrivé ? Pourquoi tout a l'air dangereux dans ce jardin maintenant ?

– Niagalé, Niagalé, souviens-toi. Je suis Lokolaka, celui qui rend sages les cœurs.

– De quoi dois-je me souvenir, Lokolaka ? Je sais tout ce qu'une jeune femme doit savoir, tout ce qu'elle peut savoir. Je suis aimée de mon prince Abimbi, et je l'aime. Nous allons nous marier dans trois jours. N'est-ce pas suffisant pour une pauvre comme moi, qui n'a pas été éduquée dans les palais ? De quoi voudrais-tu que je me souvienne ?

– Niagalé, oh Niagalé. As-tu donc tout oublié toi aussi ? Comme toutes les autres ont oublié ? Qu'as-tu bu, qu'as-tu bu Niagalé ? Pourquoi as-tu quitté ton village ? Souviens-toi Niagalé, oh, souviens-toi.

Mais tout à coup Lokolaka se mit à chanter comme le font tous les oiseaux. La nuit était en train de tomber et Niagalé n'essaya même pas de lui parler encore. Elle regarda autour d'elle. Comme tout semblait triste maintenant, triste et empli d'une sourde malveillance. Les dernières lueurs du soleil teintaient de sang les murs du palais. Et là, en bas, depuis les rues de Namuzungo, les murmures du soir montaient. Elle avait toujours entendu des cris d'enfants, et les rires des femmes. Mais maintenant, la rumeur était semblable à des sifflements menaçants. Quelques rolliers tournoyaient autour de sa tête, comme ils le faisaient souvent. Mais dans leurs yeux, elle ne voyait plus la joie toute simple de célébrer sa beauté; plutôt une sombre convoitise. Que se passait-il donc? Niagalé prenait peur, elle voulait courir, mais où aller? La panique s'emparait d'elle, une terreur sans nom, sans objet. Tout semblait s'être rassemblé pour lui nuire. Et puis elle se reprit. Elle inspira lentement, rassemblant ses idées. Tout cela ne pouvait être qu'une illusion. Qui était ce Lokolaka? Avait-il réellement parlé? Les oiseaux peuvent-ils parler? Elle ferma les yeux, essayant de calmer les battements de son cœur. Elle repensa à son prince Abimbi, à son amour si prévenant, si ardent. Non, non, sa peur était sans objet, elle avait rêvé. Elle entendit une voix qui l'appelait.

– Princesse Niagalé, princesse Niagalé.

C'était la vieille et bonne Kitongo, la femme de chambre qu'on avait mise à son service.

– Princesse Niagalé, princesse Niagalé, que faites-vous dehors à cette heure? lui demanda la bonne vieille.

– Je prenais l'air, tout simplement. Le soir n'est-il pas beau? Niagalé rouvrait les yeux. La nuit était tombée, et toute crainte semblait s'être enfuie.

– Comme votre voix est étranglée, princesse Niagalé... Quelque chose ne va pas?

– Non, non, tout va bien ma bonne Kitongo.

– Eh bien moi j'entends de la peur en vous.

Et comme la femme de chambre parlait ainsi, une vague crainte reprenait Niagalé.

– Allons, allons, princesse Niagalé, il vous faut dormir et vous reposer. Dans trois jours sera la célébration de votre mariage, et nous avons tous besoin que vous soyez éclatante de beauté.

– Oh, Kitongo, mais tu sais, c'est pour mon prince seul que je veux être belle.

– Oui, oui, c'est ce que je voulais dire, répondit précipitamment Kitongo. Votre prince sera heureux de contempler votre beauté. Allons, allons, venez en votre chambre.

Les deux femmes traversèrent les jardins et quelques grands couloirs du palais. Kaala Ndormeï était sombre et vide. La peur ne quittait pas Niagalé, mais quelque chose la retenait de la montrer à Kitongo. Elles entrèrent dans la chambre, éclairée d'un brasero.

– Et maintenant, dit Kitongo, il est l'heure de vous préparer à dormir. Mais auparavant, je vais vous servir un peu de Kaava. Vous aimez tant cette boisson, n'est-ce pas ?

Les mots de Lokolaka résonnèrent aux oreilles de la princesse « Qu'as-tu bu ? Qu'as-tu bu ? » Sa peur grandit.

– Je n'en ai pas très envie ce soir, répondit faiblement Niagalé...

– Vous voyez bien que ça ne va pas, je le sentais, reprit aussitôt Kitongo, d'un ton vif. Il y a quelque chose. Allons, allons, buvez ce Kaava, cela vous fera le plus grand bien.

Et elle tendit un grand verre à la princesse. Alors quelque chose se passa dans le cœur de la princesse, quelque chose qu'elle n'avait jamais encore éprouvé : l'idée de la dissimulation. Niagalé était toute simple et confiante, jamais elle ne s'était cachée de rien. Et puis soudain, elle changea. Dans un beau sourire, elle dit simplement, « Merci Kitongo, tu as raison », et but une gorgée, qu'elle avala. Elle se mit à rire, en secouant ses belles nattes.

- Quelles peurs ridicules peuvent passer dans notre cœur, ma bonne Kitongo, n'est-ce pas? Dans trois jours, je me marie avec le prince, et c'est tout ce qui compte.

- Oui, c'est tout ce qui compte, lui répondit la servante en souriant. Allons, buvez.

Et d'un trait, Niagalé vida le grand verre, puis ainsi qu'elle le faisait chaque soir, elle s'étendit en souriant sur son lit. Les longues tresses de sa coiffure lui cachaient le visage. La servante resta un moment à la veiller, puis elle sortit en éteignant la lampe.

Et Niagalé cracha tout le Kaava qu'elle avait gardé dans sa bouche.

Elle resta couchée sur son lit, respirant lentement, écoutant les cris des oiseaux de nuit, les mille petits bruissements d'insectes, le chant de la source qui coulait, plus bas dans le jardin. Et puis enfin, elle se mit à pleurer.

« Oh, pourquoi cet oiseau est-il venu, gémit-elle. J'étais si heureuse, si heureuse, et voici maintenant que j'ai peur. Plus rien ne sera comme avant ». Elle gémit et pleura longtemps sur son lit. Et puis d'un coin perdu de son cœur, monta une grande et douce tristesse, une nostalgie étrange... Des danses autour d'un feu dans un pauvre village, des arbres, l'odeur des chèvres et des vaches. Et de plus loin encore, semblait-il, un cri se faisait entendre, très faible, si faible... : l'eau.

Niagalé s'endormit.

Les portes se ferment

Le lendemain matin, la princesse s'éveilla plus tôt que d'habitude, mais elle resta sur son lit sans bouger. Elle était triste et décidée, ses idées étaient claires. Il fallait qu'elle parle à nouveau à Lokolaka ce soir. Et il fallait passer la journée normalement. Faire exactement ce que tout le monde attendait d'elle. Mais Niagalé ne savait pas comment faire semblant. Aussi loin qu'elle pouvait se souvenir, elle n'avait jamais menti ou fait semblant... Elle réfléchissait, immobile sur son lit. Que tout cela était étrange, mystérieux. Aussi loin qu'elle se souvenait... le Kaava l'avait comme endormie intérieurement, elle en était certaine maintenant. Et elle commençait à se rendre compte que ses souvenirs ne remontaient pas loin du tout. Elle était incapable de rien retrouver dans le passé, rien qui fut plus loin que d'une semaine. De la brume remontait les mêmes impressions que le soir précédent... forêts, pauvre et joyeux village, et une grande inquiétude, l'eau. Les servantes la tirèrent de ses réflexions.

– Il faut se lever princesse, lui dirent-elles. Aujourd'hui, nous choisissons les parures de votre mariage.

Niagalé ouvrit lentement les yeux, sourit avec grâce comme elle le faisait chaque matin. Du moins, il lui semblait qu'elle devait faire ainsi... elle ne s'était jamais regardée, et elle avait vécu sans miroir. Quel effort maintenant... tout devait être pesé, calculé, mesuré. L'une des servantes lui amena une bassine en bois pour se rafraîchir les mains et le visage, l'autre, un grand bol de lait de chèvre, et un autre de Kaava.

- Voici votre boisson du matin, comme vous l'avez toujours aimé princesse.

Profitant de la relative pénombre qui régnait encore dans la pièce, Niagalé réussit à se débarrasser discrètement du Kaava en le vidant dans la bassine; puis, se levant brusquement, elle la fit tomber.

- Oh, que je suis maladroite, rit-elle... mais ce n'est pas bien grave. Venez m'habiller maintenant.

Les servantes la revêtirent d'une simple tunique, et l'escortèrent ensuite dans les longs couloirs du palais. D'ordinaire, la princesse marchait, insouciante, en chantant. Mais maintenant ses yeux allaient et venaient; combien certaines pièces paraissaient sombres! Et il y avait parfois comme des sifflements étranges. Alors qu'elle se retournait pour parler à ses servantes, elle entraperçut une lueur mauvaise dans leurs yeux, un air de convoitise et de mépris qui passa furtivement. Puis les servantes lui sourirent, et l'une lui dit gaiement: « Qu'y a-t-il pour votre service princesse? »

Et Niagalé ne répondit rien...

Elles arrivèrent bientôt dans une grande pièce voûtée, de briques rouges, comme l'était tout Kaala Ndormeï, « La maison de l'eau et du feu ». Le long des murs, il y avait de grands coffres, plein de bijoux et de robes somptueuses. Le sol était recouvert d'une grande mosaïque blanche et noire. Niagalé était bien souvent venue dans cette pièce.

D'ordinaire, elle s'y ennuyait et rêvait paisiblement tandis que les servantes lui choisissaient les parures du jour. Mais cette fois-ci, elle prêta attention à la grande mosaïque, comme si elle la voyait pour la première fois. C'était une sorte de grand labyrinthe circulaire, dont les mille chemins convergeaient tous vers le centre. À l'extérieur du cercle, on distinguait de nombreuses silhouettes féminines. Au milieu, il y avait un personnage curieux : ses bras et ses jambes étaient singulièrement longs, chacun formant une sorte de grand S. Et puis les yeux semblaient étranges... Niagalé voulut s'approcher pour mieux voir, mais l'une des servantes étala un grand tissu de soie au centre de la pièce.

– Asseyez-vous princesse, lui dit-elle.

Et durant un long moment, elles lui essayèrent de nombreuses parures, draperies, colliers et bracelets. La princesse faisait de grands efforts pour paraître calme et joyeuse, comme elle l'était d'ordinaire, mais son inquiétude grandissait. Un sentiment de profond malaise montait en elle, et toutes ses pensées allaient vers la mosaïque. Elle voulait absolument regarder avec plus de soin ce personnage dont le regard était curieusement marqué dans son esprit. Un secret de ce palais semblait se dévoiler, peu à peu. Mais comment faire ? Les servantes ne la laissaient pas une seconde, et quelque chose lui disait d'être seule pour examiner à loisir le motif dessiné au sol. Au bout d'un long moment, elles parurent satisfaites.

– Je crois qu'ainsi, vous serez toute prête pour le prince Abimbi, dit l'une d'entre elles.

– Oui, sans doute, dit Niagalé, j'ignore vos usages pour les célébrations nuptiales.

Toutes les servantes se mirent à rire. Soudain et sans qu'elle s'y attendît, l'une des servantes se redressa :

- Maintenant princesse, il nous faut vous chercher parfums et huiles, et puis vous laver dans la salle des ablutions.

- La princesse saisit aussitôt sa chance.

- Je vous y rejoins, dit-elle, je vais passer par le jardin. J'ai besoin d'être seule un moment.

- Comme vous le voudrez princesse, dirent les servantes en s'inclinant.

Niagalé se leva, et se dirigea vers les jardins, tandis que les servantes hâtaient le pas dans le long couloir qui menait à la salle des ablutions. Au bout de quelques instants, Niagalé rebroussa vivement chemin, et entra à nouveau dans la grande salle. Vite, elle retira du sol le tissu qui couvrait le centre de la pièce et un frisson de terreur la secoua. L'homme au centre du labyrinthe avait de grands yeux jaunes, à la pupille noire et fendue. Sur son front, il y avait une petite pierre bleue. Dans sa bouche, on distinguait deux grandes dents pointues. Ses bras et ses jambes n'avaient pas d'articulation et ondulaient étrangement. Il semblait à moitié humain, à moitié reptile... Niagalé ne pouvait quitter son regard jaune, qui la fascinait et la retenait. Mais pendant qu'elle était comme paralysée, elle continuait de penser... La pierre... la pierre éveillait de profonds souvenirs en elle. L'eau... Et puis elle pensait aussi que tous les chemins du labyrinthe convergeaient vers le centre. Elle sut soudain qu'elle-même était une des femmes de l'extérieur du labyrinthe, conduite au centre. Elle en fut glacée de terreur. Il fallait partir, vite. D'un grand effort de volonté, elle se détacha des yeux envoûtants de l'homme reptile, et recula de quelques pas. Aussitôt, sa peur passa, le doute l'envahit. Non, ce n'était pas possible. Son prince Abimbi ? Pourtant, l'oiseau ne l'avait-il pas mise en garde... et cette boisson, n'était-elle pas offerte justement pour endormir tous ses soupçons ?

Mais elle ne pouvait réfléchir à loisir. Il fallait vite qu'elle rejoigne le jardin, ne pas laisser supposer un seul instant qu'elle se doutait d'un sombre secret. Mais c'était trop tard. Elle entendit des pas derrière elle ; et puis la voix de Kitongo.

- Princesse Niagalé, où étiez-vous ? Je vous cherchais partout.

- Oh, j'avais simplement perdu un bracelet par terre, répondit ingénument Niagalé.

- Par terre, eh bien je vais vous aider à le chercher.

La vieille servante s'approcha, regarda le sol. Le tissu qui avait recouvert la mosaïque était roulé et posé dans un coin. Kitongo leva les yeux, et scruta Niagalé en silence. La jeune femme vit un éclair froid et impitoyable dans son regard ; elle sut qu'elle était perdue. Kitongo s'avança soudain, et la prit par le bras, avec une force étonnante. Niagalé étouffa un cri de douleur, mais déjà la vieille servante l'entraînait.

- Je crois que vous avez besoin de repos et de reprendre des forces, dit-elle.

Que répondre ? La princesse ne comprenait même pas ce qui se tramait, n'était sûre de rien. Elle ne put que demander :

- Mais pourquoi me fais-tu si mal, Kitongo ?

- Je veille sur vous princesse, répondit Kitongo, paisiblement. Je veille sur vous.

Elles parvinrent aux jardins où des tables étaient toujours dressées, couvertes de victuailles. Une grande calebasse pleine de Kaava était posée là. Kitongo y puisa avec un bol de terre, et dit gentiment : buvez princesse, cela vous fera du bien. Mais tout en parlant, elle serrait toujours le bras de la jeune femme.

- Je ne veux pas boire de cela, gémit faiblement Niagalé, de l'eau suffirait.

- Buvez, redit plus fort la servante.

Et soudain elle saisit les nattes de sa maîtresse d'une main, en tirant en arrière, tandis que de l'autre, elle présentait le bol à ses lèvres.

- Buvez ! elle criait maintenant.

Niagalé essaya bien de se débattre, mais déjà d'autres servantes accouraient. Tout était fini. Elle écouta le chant des oiseaux, regarda le ciel bleu, puis elle but.

Chant de la nuit

Le mariage allait avoir lieu dans deux jours, et tout Namuzungo était en émoi ainsi que tous les habitants de Kaala Ndormeï, le grand palais rouge feu qui dominait la ville. Tous étaient affairés aux préparatifs de la grande fête. Tous, sauf la princesse Niagalé. Elle, restait paisible, comme étrangère à tout ce qui se passait autour d'elle, indifférente aux regards pleins d'admiration qu'elle sentait se poser sur elle. Elle était parée de plus en plus richement, ointe d'onguents et de parfums, tous les colliers et ses anneaux étaient prêts. On la baignait durant de longues heures, pour qu'elle soit belle, belle pour son prince Abimbi. Niagalé était bien reconnaissante de toute l'aide que lui procuraient ses servantes, surtout la bonne Kitongo qui exécutait le moindre de ses désirs, qui ne la lâchait pas un seul instant. Elle voyait là comme l'expression de l'amour de son prince, son prince qu'elle pourrait enfin voir le jour du mariage. Car chez les Lubas, les fiancés ne peuvent se voir l'un l'autre durant les 8 jours qui précèdent le mariage. Et Niagalé, bien simplement, toute docile aux soins de ses servantes, attendait paisiblement le mariage. Des repas lui étaient servis dans sa chambre ou bien dans le jardin, elle buvait souvent de cette délicieuse boisson ; et les heures passèrent sans qu'elle s'en aperçoive.

Le mariage allait avoir lieu le lendemain ; le mariage allait avoir lieu dans quelques heures, c'était la dernière nuit. Demain matin, Niagalé épouserait le prince Abimbi, demain elle serait reine. Comment se passeraient les rites de l'alliance nuptiale ? Niagalé ne le savait pas. Kitongo lui avait simplement dit que le prince lui montrerait tout, en temps voulu. Qu'elle n'avait qu'à s'abandonner, avec confiance. La vieille servante riait de bonheur en lui parlant ainsi, et les servantes riaient aussi. De la ville montaient les cris de la foule, surexcitée : « Gloire à notre princesse Niagalé, qui épousera Abimbi demain ». Niagalé était un peu intimidée, elle n'aimait pas tellement être au centre de toutes les attentions. Les habitants de la ville semblaient particulièrement heureux de ce mariage. « Je suppose que la fête sera partagée avec tous, se disait-elle. Comme ils doivent aimer leur prince pour se réjouir ainsi de son mariage ». Ce noble sentiment la réjouissait. Et puis au fond, que lui importait le regard des gens. Demain elle reverrait enfin son prince bien-aimé, et elle serait à lui pour toujours. Dans l'immense cour du palais, des gradins étaient dressés, ainsi qu'une une estrade de bois. C'est là sans doute qu'elle serait publiquement choisie comme épouse par Abimbi. Niagalé rêvait, sans pouvoir dormir. Que le pays de son enfance lui paraissait loin... il n'existait même plus pour elle. Elle essaya d'y repenser, sans y parvenir. « Je dois être trop heureuse aujourd'hui pour penser à hier », se dit-elle.

Dehors les oiseaux chantaient doucement dans la nuit. L'un d'entre eux vint se poser à sa fenêtre, et se mit à la regarder. Comme il était étrange. Il lui rappelait quelque chose. Un oiseau qui se trouvait dans le pays de ses pères, peut-être. Soudain, il se mit à chanter.

Et Niagalé se réveilla.

– Niagalé, Niagalé, Niagalé !

Tout lui revint, soudainement : le Kaava, la dureté de Kitongo, les regards avides et inquiétants de ses servantes, le labyrinthe et l'odieux personnage qui attendait en son centre que s'approchent les jeunes filles. Et puis, plus profondément enfouis, loin dans la brume de son cœur, des bruits de village, des odeurs d'animaux, des visages souriants, et un cri... l'eau...

– Niagalé, Niagalé, Niagalé !

Elle eut envie de tout oublier, de se rendormir. Qu'il était simple de se laisser aller, plutôt que d'aller droit à la rencontre d'une terreur qu'elle pressentait bien mais n'avait pas encore vue clairement. Oui, oui, oublier, se laisser aller.

– Niagalé, Niagalé, Niagalé !

Elle se leva soudain, ferme et résolue.

– Je suis là, Lokolaka.

– Il n'y a pas de temps à perdre, Niagalé. Dans quelques heures, tu seras dévorée.

– Ainsi, c'est cela le mariage que préparent tous les habitants du palais et de Namuzungo ?

– Oui Niagalé, oui. Tous les ans, un mariage. Tous les ans, la plus belle jeune fille. Le prix de la prospérité du royaume.

Pendant un moment, elle ne put rien répondre. Ses craintes obscures et incertaines étaient donc vraies. Le labyrinthe... Elle lutta encore contre la vérité.

– Mais le prince Abimbi, le sait-il ? Il m'aime, lui, il ne permettra pas que je sois dévorée. Il m'aime, je le sais.

– Oui il t'aime. Il t'a regardée de ses grands yeux. Il t'attend. Il t'attend. Non il ne t'aime pas. Comprends-tu ?

Niagalé frémit d'horreur. Elle avait bien compris.

– Que faut-il faire alors ?

– Je vais chanter, et tout le palais s'endormira. Mon chant dure jusqu'au premier rayon du soleil, pas un instant de plus.

– C'est plus de temps qu'il n'en faut pour fuir ce palais.

– Non Niagalé, non. Pas fuir ce palais. Il te faut y descendre. Il te faut prendre la pierre qui est sur le front du prince lui-même. Sur le front d'Abimbi.

– Mais il va me dévorer ! gémit la jeune femme. Pourquoi dois-je faire cela ?

– Il le faut Niagalé, il le faut. Il dormira jusqu'au lever du soleil. Si tu fais bien attention. Il faut que tu prennes la pierre qui est sur son front. Ensuite tu pourras fuir. Les Lubas ne te toucheront pas si tu portes cette pierre sur toi.

– Et où est la chambre du prince ?

– Je l'ignore, Niagalé, je l'ignore. Dans les profondeurs du palais. Je l'ignore. Le palais n'est pas pour les oiseaux. Tu dois y aller. La nuit avance, vite.

Et il se mit à chanter, d'un chant très doux, apaisant, mais qui rentrait jusqu'au plus profond du cœur. Niagalé l'écouta un instant. Puis l'oiseau s'envola, et se posa tout en haut d'une grande tour de brique rouge, tout en chantant. Niagalé se leva de son lit ; la lune était pleine, la nuit n'était pas encore très avancée, il faisait frais. Elle ne doutait pas un instant des mots de Lokolaka. Tout était clair maintenant, il fallait faire exactement comme il lui avait dit. Les parures qui avaient été préparées pour son réveil étaient somptueuses et lourdes, jamais elle ne pourrait courir habillée de la sorte. Elle frémit en pensant que telle était sans doute l'une des raisons pour lesquelles on les avait choisies pour elle... Elle prit un drap dont elle se fit une tunique ; il y avait une lampe à huile posée sur une table, qu'elle saisit en sa main ; et elle ouvrit avec précautions la porte de sa chambre. Les servantes, qui restaient d'ordinaire dans la pièce d'à-côté, étaient là, profondément endormies. Dans un coin de la pièce, Kitongo était assise sur une grande chaise de bois, un sourire mauvais aux lèvres ; mais elle aussi dormait. Niagalé les regarda sans bouger, fit un pas ; elles dormaient toujours ; un autre pas ; elles dormaient encore ; elle s'approcha de Kitongo, la secoua ; rien. Oui, le chant de Lokolaka avait bien endormi tout le palais, et il continuait de s'élever, mélodieux, dans la nuit. Elle pouvait marcher à sa guise, et trouver la chambre d'Abimbi.

Mais où aller ? Elle ne connaissait que certaines pièces des étages supérieurs du palais, les jardins et le grand escalier qui menait à la cour et de là, aux rues de Namuzungo où on l'avait promenée sous les cris d'admiration de la foule. Elle frémissait maintenant... pour quelles obscures raisons avait-elle soulevé l'enthousiasme des habitants ? Elle avait entendu dire parfois aux servantes que le prince attendait dans une autre partie du palais, conformément aux traditions des Lubas. Si le prince était ailleurs, ce ne pouvait être que dans les étages inférieurs. Elle repensa au labyrinthe dessiné sur le sol. L'horrible personnage aux yeux jaunes semblait attendre dans un espace clos... attendre les jeunes femmes qui étaient toutes à l'extérieur du labyrinthe. Ce personnage à moitié reptile devait certainement vivre dans quelque sombre grotte souterraine. Oui, il lui faudrait sûrement descendre dans les tréfonds de Kaala Ndormeï.

La princesse rassembla son courage, et se mit à courir ; il lui restait quelques heures de nuit mais peu d'huile dans sa lampe. Les servantes l'avaient toujours menée par un escalier qui descendait vers le sud du palais, vers la ville. Alors elle se dirigea d'instinct vers le nord. De ce côté, la grande bâtisse rouge s'accrochait à l'énorme roche qui lui servait de fondation, une roche rouge sang, plus haute encore que les plus hautes tours du château. Elle marchait dans le palais immense où ne résonnaient d'autres sons que le chant de Lokolaka et le bruit de ses propres pas. Dans le grand silence de la nuit, il lui semblait faire plus de bruit qu'un troupeau de buffles au galop, mais rien ne bougeait. Un large couloir ouvrait d'abord sur une enfilade de pièces spacieuses et bien aérées ; la lampe faisait danser son ombre contre les hauts murs. De temps en temps elle distinguait des gardes ou des servantes profondément endormis ; rien ne bougeait. La princesse avançait de plus en plus sûrement, sans plus de crainte de faire du bruit. Le long couloir se rétrécissait progressivement, son plafond s'abaissa. Cela faisait quelque temps déjà qu'elle ne rencontrait plus de Lubas endormis. Elle continua dans le couloir resserré maintenant, construit plutôt comme un tunnel dans la pierre. Il la mena tout droit à une grande pièce sans fenêtre. Elle était soigneusement taillée dans la roche, dessinant un grand cercle à la circonférence duquel s'ouvraient huit portes, circulaires elles aussi. Elle était entrée par l'une d'entre elles. Il lui fallait continuer.

Ndabaniwe

Elle s'arrêta dans le silence, et attendit. Le silence... le silence... La princesse réalisa soudain. Elle n'entendait plus le chant de l'oiseau... La panique la gagna tout à coup. Car elle comprenait maintenant que la créature qu'elle devait trouver, si elle était bien terrée quelque part dans les profondeurs du palais, ne serait pas liée par le mystérieux enchantement. Lokolaka lui avait dit que cette créature dormirait jusqu'au matin... mais que pouvait-il en savoir? Et ces couloirs étroits, ne ressemblaient-il pas à s'y méprendre à ces terriers où elle se souvenait vaguement avoir vu de grands pythons, dans ses souvenirs encore voilés de brume... Il lui faudrait descendre dans l'un d'eux... et lequel? Sa lampe ne durerait pas plus de deux heures encore.

Niagalé s'assit, et se mit à pleurer sans bruit. Elle était désemparée, découragée. Pourquoi n'y avait-il personne pour l'aider? Pourquoi l'avait-on choisie pour l'entraîner dans ce piège terrifiant? Comme elle regrettait son bonheur de jeune promise, l'insouciance des jours précédents qui lui semblaient si loin déjà. Ne serait-il pas plus simple d'accepter son sort quel qu'il soit? Après tout, l'oiseau ne l'avait-il pas dupée? N'avait-elle pas rêvé ces regards hostiles et la violence de la vieille Kitongo? Si elle attendait là... peut-être que la mort la prendrait tout simplement. Ou peut-être que son prince viendrait la chercher, que ce cauchemar finirait, qu'elle pourrait enfin le voir et être sa princesse.

Elle ne bougeait plus. Il se passa un long moment ainsi. Et puis soudain elle se leva. Une voix résonnait en elle, comme un appel qui revenait encore : l'eau... Il lui fallait se battre pour vivre et pour faire vivre. Elle avait été envoyée ici. Elle était là pour une raison. Elle devait vivre. Et puis jamais elle ne pourrait devenir une princesse, tout cela ne tenait pas debout. Elle n'était que la petite Niagalé, une petite Sérère. Des souvenirs d'un village lui revinrent encore, les chèvres dans la brousse et le goût du mil partagé le soir, l'odeur du feu, le bruit de la pluie... Elle n'était qu'une pauvre qui avait des souvenirs de pauvres, et ces rêves d'être choisie et épousée par un prince n'étaient que des mensonges par lesquels elle avait été dupée. Son cœur s'affermit.

Niagalé prit d'abord soin de laisser une marque devant la porte dont elle venait... une perle dont on avait paré sa coiffure, posée derrière le montant. Puis elle franchit prudemment la première des sept portes restantes, et fit quelques pas... retenant son souffle... sa lampe découvrit un étroit boyau, qui continuait tout droit. Respirant avec peine, elle continua sa recherche. La seconde porte ouvrait sur un boyau en tout semblable, mais qui montait ; le troisième couloir descendait, tout comme les quatre boyaux restants. Depuis le début de son exploration du palais, elle cherchait à descendre. Il lui restait donc cinq possibilités, mais comment choisir... Elle réfléchit un moment, puis repassa par chaque porte, en respirant à pleins poumons : deux couloirs lui firent sentir un air froid et humide, avec des relents de moisissure et de champignon, rien qui ressemblât à l'odeur d'un lieu habité. Du troisième montaient une douce odeur de rivière, et même le murmure très lointain de l'eau qui coule. Entrant dans un quatrième couloir, elle inspira profondément et soudain recula, comme frappée par une odeur repoussante, une odeur méchante : lointaine, mais agressive et pleine de malveillance. Elle frissonna de peur en la percevant. Il lui restait à sentir un cinquième couloir. Comme les autres il plongeait dans le noir, tout lisse et presque parfaitement circulaire. Elle fit quelques pas, puis empli ses poumons... et un cri faillit lui sortir des lèvres : « Mon prince ! ». Une odeur imperceptible devait lui parvenir, qu'elle n'était même pas capable de nommer, ni même de percevoir. Mais elle se sentait pleine de douceur et de tendresse, toute désireuse de plaire à celui dont elle voulait tant qu'il fût son époux... soudain Niagalé saisit une aiguille d'argent qui retenait un pan de sa tunique, et se la planta dans le bras : la douleur la fit tressaillir et elle retrouva ses esprits. Le charme qui recommençait à opérer sur elle se rompit un instant. Vite, elle déchira un pan de sa tunique, et s'en couvrit le nez en serrant très fort ; le parfum ne l'enivrait plus, il lui fallait maintenant descendre dans ce couloir dont elle savait bien maintenant qu'il mènerait au refuge d'Abimbi. Elle s'armait de courage et s'apprêtait à avancer résolument quand un faible cri lui parvint :

– Au secours, par pitié.

Elle sursauta, dressant l'oreille. Aucun bruit ne lui parvenait plus, sinon celui, léger, d'une source coulant au loin. Était-ce une ruse destinée à l'égarer ? Il lui fallait faire vite, car au matin Lokolaka ne chanterait plus, et tous les habitants du palais seraient éveillés... Peut-être n'avait-elle rien entendu, au fond, sinon dans son imagination. Elle fit donc encore un pas pour aller à la rencontre d'Abimbi, mais à nouveau, elle entendit une voix, étrangement grave, désespérée.

– Au secours, au secours ! Qui que vous soyez, venez me délivrer, par pitié.

Pas de doute, quelqu'un l'appelait. Une voix douce et délicate, dont les accents suppliants saisirent les entrailles de la petite Sérère. Elle ne se sentait pas prise de vertige ou dépossédée d'elle-même en l'entendant, comme par le parfum du prince ; rien qui ressemblât aux doux envoûtements d'une ruse... rien qu'une profonde pitié. Elle leva sa lampe, cherchant à reconnaître le couloir d'où pouvait venir cette voix, qui l'appela encore :

– Venez me sauver ! Pitié, pitié.

Niagalé frémit d'horreur... pas de doute possible, la voix venait du couloir dont l'odeur repoussante l'avait saisie. Mais elle ne pouvait passer sans rien faire...

– Peut-être suis-je déjà perdue, se dit-elle. Eh bien tant pis, que ce soit en faisant ce qui me semble bon.

Et serrant encore sa tunique autour de son nez, elle rassembla son courage et marcha résolument dans les ténèbres. Le couloir était taillé dans la roche, parfaitement lisse, descendant en pente douce et régulière. La lampe faisait danser son ombre sur les parois rouge feu de cette roche dont tout le palais était fait et, de loin en loin, amplifiés par l'écho, les cris de supplications lui parvenaient. Malgré tous ses efforts, Niagalé était saisie par la puanteur qui se faisait de plus en plus repoussante, si telle chose était possible ; un parfum de haine et de vice, qui contrastait douloureusement avec le timbre étrange de cette voix de plus en plus distincte : elle était grave et comme brisée, mais pourtant pleine de douceur. Au bout de quelques minutes, la petite princesse vit soudain son ombre devenir dix fois plus grande : elle était entrée sans même le réaliser dans une salle démesurée. Les murs en étaient tout lisses également, mais assemblés en un immense carré. Le plafond était haut, très haut, si haut que les lumières de sa petite lampe à huile ne parvenaient pas à l'atteindre. Elle entendit à nouveau la voix, droit devant elle.

- Oui, venez, je suis là. Au secours... à l'aide...

Au centre de la salle, on distinguait un grand puits de pierre noire, et près de lui, une colonne de pierre, ronde et lisse, s'élançant vers les ténèbres du plafond. Une femme semblait y être accrochée, les bras en l'air. Les éclats de la lampe firent scintiller une couronne au front de la femme qui l'appelait :

- Oh, une gracieuse fille des hommes, bien sûr. Sois mille fois remerciée. Délivre-moi par pitié, par pitié. Je suis torturée ici depuis si longtemps.

Niagalé allait se rapprocher, quand soudain ses pieds firent crisser une étrange matière. Elle regarda et bondit en arrière, terrifiée... c'était une énorme mue de serpent, toute blanche comme celles qu'on retrouve dans la brousse, parfois, mais démesurément plus longue et plus grosse. Le sol était couvert de centaines de mues toutes semblables, autour du puits et de la colonne, et c'étaient elles qui dégageaient une odeur si repoussante qu'elle en devenait presque insoutenable. Parfois on distinguait encore une grande gueule, large ouverte. Niagalé frissonna d'horreur. Elle ne pouvait plus bouger, la peur et une obscure fascination la maintenaient clouée sur place. Sa tête tournait, et elle se sentait prise de vertige. Elle allait tomber à terre, sans connaissance, quand la femme se mit à crier.

– Reviens. Regarde-moi. Oui, c'est cela, regarde-moi.

Niagalé fit un grand effort de volonté, et releva la tête.

– Lève la lampe, pour me voir.

Le bras de la jeune fille était pesant, la lampe lui sembla taillée dans la pierre la plus lourde. Pourtant, rassemblant toute son énergie, elle dressa son bras. La couronne scintilla dans la lumière, une magnifique couronne faite de milliers de pierres blanches et scintillantes, que Niagalé n'avait encore jamais vues. Le visage de la prisonnière était beau, beau et douloureux. Très pâle, avec d'immenses yeux bleus, et des cheveux dorés. Jamais Niagalé n'avait vu semblables traits, nobles et marqués par la souffrance, mais aussi étrangement illisibles… La femme était très grande et élancée, totalement nue en dehors de sa magnifique couronne. Ses bras, attachés très haut sur la colonne, et ses jambes étaient étonnamment fins et longs.

– Comment t'appelles-tu ? demanda l'étrange reine.

– Je m'appelle Niagalé, répondit péniblement la jeune femme.

– Fixe mon visage, Niagalé. Ce qui est laid nous terrifie et nous rend prisonnier. Abimbi est passé maître dans l'art de fasciner par la beauté de l'ombre. Ne regarde pas à tes pieds. Approche-toi, tu ne risques rien.

Niagalé fit un pas, entendit à nouveau un crissement. Les horribles peaux de serpent… mais de qui venaient-elles ?

– Regarde-moi, dit à nouveau la femme.

Niagalé la regarda. Mille pensées s'agitaient en elle. Qui pouvait bien être cet animal monstrueux dont elle croisait les traces. Niagalé regarda la prisonnière…

- Tu dois être d'un grand courage pour être descendue jusqu'ici. Je te demande un effort de plus. Tu peux me sauver. Viens près de moi.

Niagalé la fixa, et la reine lui sourit, l'encourageant du regard. Elle était belle ; sa voix était douce et forte. Les doutes de la jeune fille ne s'apaisaient pas. Mais elle fit un pas, et un autre encore. Elle marcha rapidement, et franchit la courte distance qui la séparait de la colonne de pierre.

- Maintenant, tu peux me libérer de mes tortures. Vois mon côté Niagalé.

Dans le côté droit de la reine, on distinguait maintenant un manche de couteau qui dépassait, finement ouvragé.

- Retire-le Niagalé.

- Mais cela va vous meurtrir atrocement !

- Ne te préoccupe pas de cela. Libère-moi, par pitié. Cela fait des centaines d'années que je suis clouée ici. Prends le manche, et tire fermement.

Niagalé allait s'avancer, mais elle s'arrêta soudain.

- Et que se passera-t-il quand j'aurai retiré ce couteau ?

- Tu as peur de moi, Niagalé, je le sens bien, répondit l'étrange reine. Je ne sais pas ce qui va se passer, je ne puis te répondre. Je sais seulement que ce douloureux sortilège me tient prisonnière. Délivre-moi S'il te plaît.

Niagalé saisit le manche de couteau de sa main droite, et se mit à tirer, craintivement. Il ne bougeait pas ; elle tira plus fort, et la reine étouffa un cri.

- Tire de tes deux mains, Niagalé. Tire !

Posant la lampe à terre, Niagalé saisit le manche de ses deux mains, et appuyant une jambe contre la colonne, tira de toutes ses forces. La reine gémissait, mais lentement, le couteau sortait de son côté. On voyait bien maintenant sa lame noire et luisante qui finalement, jaillit tout entière et d'un coup. La reine hurla de douleur, tandis que Niagalé tombait à terre, au milieu des répugnantes mues reptiliennes. Comme elle se relevait précipitamment, elle s'aperçut soudain que la pièce était pleine de lumière. C'était la reine, toujours hurlante, dont la peau blanche devenait éclatante. Ses cris se changèrent en rire, et soudain elle brisa les chaînes qui lui retenaient les bras, d'un seul coup.

– Libre, enfin ! s'écria-t-elle, pleurant de joie. Libre ! Libre ! des larmes abondantes coulaient sur ses joues, au milieu de ses rires.

Un souffle puissant parcouru la grande salle, et les immondices qui jonchaient le sol furent balayées en un instant. La reine semblait grandir, et puis la lumière devint aveuglante, et la jeune fille ne distingua plus rien qu'un grand et terrible rire. Niagalé était terrifiée. Qu'avait-elle fait. Puis tout se calma, et elle ouvrit les yeux. La reine était là, devant elle, paisible et souriante, toute menue maintenant. Mais si belle et si majestueuse avec ses cheveux d'or et sa couronne qui brillait doucement.

– Oh merci Niagalé, dit-elle. Merci.

Mais qui êtes-vous ? demanda la petite fille.

– Je suis Ndabaniwe, la reine des termites. Cela fait si longtemps que j'attends ma délivrance ; si longtemps que mon peuple attend ma délivrance.

– Pourquoi êtes-vous ici ?

– Parce qu'Abimbi m'a enchaînée, et qu'il a réduit mon peuple en esclavage. Vois-tu Niagalé, il y a longtemps, il y a très longtemps, Abimbi était prince d'une engeance maudite : la race des Grands Vers. Ils étaient grands, cruels et puissants, et régnaient sur le grand royaume de l'ombre qui s'étend sous tes pieds. Sous les grands rochers de Namuzungo, d'immenses grottes s'étendent, des sources jaillissent, et les entrailles de la terre regorgent d'or et de pierres précieuses. Les Grands Vers sont arrivés du sud, il y a très longtemps, tuant et dévorant tout ce qu'ils pouvaient. Un grand peuple d'hommes habitait dans ces grottes autrefois, les lointains ancêtres des Lubas, mais les Grands Vers semèrent la terreur parmi eux, en dévorèrent un bon nombre, et mirent en fuite les autres qui se réfugièrent dans les plaines qui s'étendent au sud du fleuve.

Ils s'emparèrent des trésors qui étaient là, ivres de leur haine et de leur puissance, et proclamèrent l'empire de Ngolozongor, projetant d'étendre leur pouvoir sur toutes les terres d'alentour. Ils réduisirent en esclavage les peuples des eaux et de la terre, et l'empire de Ngolozongor fit trembler le pays. Mais mon peuple, qui vivait alors en bonne intelligence avec les Lubas se réfugia dans les grottes les plus profondes, en refusant le joug des Grands Vers. Beaucoup de termites moururent, noyées dans le venin de cette engeance maudite, mais leur orgueil, leur envie et leur haine se retournèrent contre eux, et les entraînèrent à leur perte. Nous avions des trésors qu'ils désiraient, et j'étais moi-même le trésor le plus furieusement convoité. Alors un jour, quand il ne nous resta plus que la ruse comme seul espoir, je convoquai tous les Grands Vers dans cette salle où tu te tiens, la salle du couronnement. Le reste du peuple des termites amena toutes nos richesses, et j'étais moi-même parée, et siégeant sur un trône, dans toute ma splendeur. Quand tous les Grands Vers furent arrivés, je promis de me donner, toutes mes richesses et moi-même, au plus valeureux du peuple des serpents. Le résultat que nous espérions tous ne se fit pas attendre. Ils se déchirèrent entre eux, sauvagement, et au bout de quelques instants, la salle était jonchée de cadavres. Seul Abimbi avait compris notre piège, et s'était tenu à l'écart du grand massacre, dans le coin le plus reculé et le plus sombre de la salle du couronnement. Tout fut bientôt fini, et mes gardes trouvèrent rapidement Abimbi qui n'offrit aucune résistance. Il était bien trop intelligent et bien trop fourbe pour lutter de front contre nous. Il se laissa enfermer pendant que nous délibérions de son sort. Puis il fut amené devant mon trône, en présence de tout mon peuple, et implora notre pardon, en reconnaissant chacun des torts de son peuple. Il en appelait à ma seule clémence, et mon cœur ne connaissait pas la haine, aussi je lui accordai la vie sauve. Il promit de nous livrer toute la science de son peuple, pour réparer les dommages commis, et j'eus la faiblesse de le croire. Je le condamnai à perdre ses crocs à venin qui lui furent retirés solennellement, et à travailler pour nous sous la constante surveillance des meilleurs de mes gardes.

Pendant longtemps, il resta enfermé, n'ayant presque aucun contact avec mes ouvriers. Mais je le comprends maintenant, c'est sa haine qui nourrissait l'immense patience dont il fit preuve. Il attendit son heure, et progressivement, gagna la confiance de nombre de mes sujets. Il nous apprit comment profiter des meilleures plantes, et tirer d'elles les parfums qui pouvaient repousser nos ennemis. Nous savions où trouver les pierres précieuses et l'or, mais il nous apprit les usages des pays du sud, leurs raffinements et leurs goûts pour les belles parures. Il nous montra comment travailler tout ce qui est précieux pour en faire de magnifiques bijoux dont nous offrions une petite partie pour acheter la paix aux hommes. Notre trésor était immensément grand, bien plus que tout ce que les Lubas avec qui nous commercions pouvaient imaginer, et les termites commencèrent à se sentir invulnérables. La vigilance de mes gardes se relâcha. Moi-même me mis à parler avec plus de bonté à Abimbi, et ne me méfiai plus de lui. Mais dans les sombres recoins de son cœur, sa vengeance grandissait comme un arbre qui étend ses racines. Il sécrétait en silence un poison mortel en ses entrailles, et s'il n'avait plus, pour l'instant, de crocs à venin pour l'inoculer, il trouva un autre moyen. Dans le secret, il forgea un couteau dont la lame noire pouvait transmettre son poison mortel. Et puis son heure arriva.

Chaque année avait lieu la cérémonie du pardon, où tous mes vassaux me juraient allégeance. Lui, le dernier, promettait de s'amender, de réparer ses torts et de ne jamais plus nuire à moi ou mon peuple. D'une voix claire et sonore, il promit publiquement, devant la foule des termites rassemblée. Comment peut-on avoir si peu d'honneur... Il s'inclina à mes pieds, comme de coutume, et puis soudain, enroulant ses anneaux autour de moi, il m'enserra et avant que mes gardes pussent intervenir, planta le couteau dans mon flanc. Oh Niagalé... Si tu pouvais imaginer ma souffrance. La douleur était insoutenable, comme un feu qui me dévorait de l'intérieur. Je poussai un hurlement qui glaça de terreur tout mon peuple. Et avant qu'aucun termite ne pût bouger, Abimbi proclama d'une voix sifflante qu'il était désormais mon maître. Un garde s'approcha de moi pour retirer le couteau, et la souffrance devint indicible. Je hurlai encore et ma voix qui autrefois était plus belle et douce que le vent dans la forêt se brisa à jamais ; et tous entendirent le rire d'Abimbi dont les sombres machinations fonctionnaient au-delà de toute espérance. Il nous dit que le poison qui était dans mes flancs avait été sécrété exprès pour que tout termite qui s'en approche le rende plus douloureux encore. Il ordonna à tous mes sujets de reculer, ce qu'ils firent ; ils m'aimaient, et ne pouvaient se passer de moi. Abimbi triomphait. Il se proclama notre roi, et déclara qu'il entendait devenir seigneur des Lubas ; les royaumes d'en bas étaient trop peu pour lui.

Il exigea de mes sujets qu'ils lui confectionnent chaque année une tunique humaine, qu'il revêtirait solennellement devant moi, au temps de ses mues. Ainsi il pourrait devenir prince et chef du peuple qui habitait alors dans un simple village. Il me garderait prisonnière jusqu'à ce que son plaisir de me voir souffrir soit épuisé. Mes sujets furent sommés de travailler pour lui offrir sa première tunique humaine dans les trois jours, et il les congédia. Je restais seule avec lui, qui écumait de haine, de superbe et de convoitise. Il ne pouvait m'avoir pour lui, et proclama le regretter. Ma souffrance lui était trop précieuse pour ses projets. Mais il me déclara qu'il dévorerait chaque année la plus belle fille des hommes qu'on pourrait trouver, pour prix de son règne sur les Lubas. Les trois jours passèrent dans des tourments indicibles pour moi. J'étais torturée par le poison, insultée et méprisée par l'odieux Serpent qui ne cessait de me tourmenter et de m'outrager.

Enfin, mes sujets revinrent avec leur ouvrage. Abimbi abandonna ici même son odieuse mue reptilienne, et revêtit sa première tunique de peau humaine. Mes sujets avaient bien travaillé : il était resplendissant de beauté, de gloire et de force, exhalant un délicieux parfum. Il prit congé de nous pour s'élancer vers les régions supérieures en me lançant : « À l'année prochaine, reine déchue. Et n'oublie pas, quand tu entendras des cris de terreur, sache que ce seront ceux de la première beauté que je dévore à ta place. Ton temps viendra. Ou peut-être que la souffrance te rendra si laide que tu n'auras plus d'intérêt pour moi. Nous verrons. Le temps est à moi. Tu méditeras sur les morts dont tu es responsable, parce que tu as refusé de me choisir pour ton roi ». Ainsi depuis des temps trop longs pour être comptés en années d'hommes, je souffre ici les tortures de ce poison. Chaque année, Abimbi abandonne sa peau de reptile devant moi et reçoit sa tunique de peau humaine. Chaque année il m'outrage, et m'abreuve de son mépris avant d'aller triompher chez les Lubas. Et chaque année, il ne manque pas de laisser hurler de terreur devant cette pièce la jeune femme qu'il emmène ensuite dans son antre. D'ailleurs, je devine que tu étais destinée à être la prochaine victime, n'est-ce pas Niagalé ?

– Je le crois bien, dit la jeune fille. Je l'ignore en fait. J'ai été droguée, trompée. Je ne sais plus d'où je viens. Seules me restent des bribes de souvenirs. Des images d'un pauvre village dans la brousse, et une vague mission de sauver les miens pour de l'eau qui manque ou qui est empoisonnée. C'est tout ce que j'ai. Il y a quelques jours à peine, j'étais aimée, admirée, choyée, j'allais épouser un prince plein de tendresse et de bonté. Et maintenant je me découvre trahie par ceux qui voulaient me livrer à mon bourreau et j'apprends que mon prince est un serpent qui ne vit que de haine depuis des siècles et qui me convoite d'une manière que je ne puis imaginer ; et j'apprends que pour des raisons obscures évoquées par un oiseau dont je ne sais rien, je dois aller dans son antre, prendre une pierre bleue dont je ne sais même pas à quoi elle va servir, pour un but que je ne connais même pas. Je... c'est plus que je ne peux supporter...

Et Niagalé s'effondra en larmes. Ndabaniwe la prit dans ses bras avec tendresse, un petit moment. Plus elle la repoussa doucement.

– Il me faut rejoindre mon peuple qui m'attend depuis longtemps Niagalé. Et le temps presse pour toi. Ta lampe vacille; la fin de la nuit est sans doute proche. J'ignore d'où tu viens, petite princesse, et pour quel dessein tu as été envoyée. Mais je connais la pierre bleue qui est au front d'Abimbi, et dont t'a parlé cet oiseau. Je pense que tu peux lui faire confiance, car il t'a bien parlé. Les enfants de la lumière se reconnaissent, et il est bien possible que mes termites aient parlé aux oiseaux de nos trésors. Il est bien possible que ton cœur plein de soleil ait été reconnu par ce petit être; car ta beauté vient d'ailleurs, chère Niagalé, je le vois clairement. Alors oui, tu as été bien guidée. Cette pierre bleue s'appelle Ndokh Malamu, la pierre de l'eau. Je l'ai trouvée au fond des eaux obscures du lac Tambacounda. Elle rend saine toute eau qu'elle touche, et fait jaillir les sources. Abimbi la porte à son front car il se veut le maître de toute vie. Par elle il fait jaillir l'Uzungo pour ces fourbes de Lubas. Si tu parviens à la lui prendre, tu pourras sûrement aider les tiens. Maintenant va, princesse Niagalé. Tu n'es qu'une fille de la brousse, mais ton cœur est un trésor. Tu n'as pas gardé sa force pour toi seule, et tu es venue à mon secours alors même que tu étais pressée par le temps; tu as bien fait. Continue ainsi et ses richesses jamais ne s'épuiseront. Quant à moi, je ne t'oublierai pas. Maintenant va.

Et soudain, Ndabaniwe s'élança et sauta au fond du puits, dans un rire qui tinta quelques instants sous les grandes voûtes. Niagalé se retrouva seule, dans les terreurs de cette salle immense et empuantie des vestiges de l'odieux reptile. Il lui fallait aller à sa rencontre, maintenant et vite.

Dans l'antre du Serpent

La petite fille sécha ses larmes, leva sa lampe, et rebroussa chemin. Elle remonta rapidement le couloir taillé dans la roche, et se retrouva bientôt dans la grande pièce circulaire d'où elle venait. Devant l'une des portes, se trouvait la perle qu'elle avait laissée quelques instants plus tôt, ou quelques heures, elle ne savait plus. De doux effluves s'exhalaient d'une autre porte, le parfum enivrant du mensonge... Il semblait avoir un peu moins de pouvoir sur elle maintenant. Mais Niagalé eut soin de se nouer à nouveau un tissu sur le visage. Elle emplit son cœur de courage, leva sa lampe, et s'avança dans le corridor. Il était parfaitement lisse, descendant en pente douce et régulière et filant tout droit dans le cœur du rocher. La jeune fille marchait avec précaution, attentive au moindre son. Mais elle n'entendait que son souffle, et les battements de son cœur. Progressivement, elle hâta le pas, car le jour était sans doute proche... Rien ne semblait changer, sinon que le parfum se faisait plus fort et commençait à lui faire perdre le sens. Des rêves de douceur et de tendresse l'envahissaient, des visions de richesse et d'amour. Elle se vit soudain en reine, adulée par tout un peuple ; puis un prince d'une gloire sans pareille s'agenouillait devant elle, avec toutes les marques de la vénération et de l'affection la plus tendre ; et Niagalé avec joie s'abandonna dans ses bras tendres et forts, qui l'emmenait très haut, très haut... Comme de longs doigts, le parfum dénouait toutes ses résolutions, ouvrait toutes les portes de son cœur ; ce qu'elle avait appris pesait peu, si peu, face à la force de ces mains qui la serraient toujours plus fort, qui s'approchaient toujours plus. Elle ne pouvait résister...

Mais par un violent effort de volonté, elle se reprit soudain, opposant sa simplicité à l'ivresse de ces rêves. Elle n'était qu'une petite fille, et elle le savait maintenant, une petite fille de la brousse, d'un pauvre village. Tous ces rêves n'étaient que des mensonges. Elle se releva, s'apercevant soudain qu'elle s'était assise, comme écrasée sous le poids des divagations. Il me faut faire vite, se dit-elle, je n'aurai pas la force de tenir beaucoup plus longtemps. Si je meurs, que ce soit au moins librement, et non esclave de chimères qui n'ont d'autre but que de m'avilir. Alors elle se mit à courir, forte et résolue. Elle ne le fit pas longtemps. Soudain les parois de pierres, lisses comme des miroirs, s'écartèrent, et elle se retrouva dans une petite pièce. Les murs, le plafond et le sol, s'incurvaient pour donner une sphère parfaite, attirant irrésistiblement les pas de Niagalé vers le centre. Ce n'était pas une salle faite pour qu'un humain y habite, mais plutôt la tanière d'un prédateur qui conduisait sa proie vers le lieu où il l'attendait paisiblement. Mais la petite fille n'eut pas le loisir de s'adonner à de telles réflexions, car elle le vit. Allongé sur un lit d'or, le corps abrité d'un drap immaculé, c'était lui, Abimbi. Sa peau était claire, ses cheveux d'or, et la lampe les fit scintiller. Jamais Niagalé n'avait vu d'homme semblable, aussi clair, lumineux. L'un de ses bras reposait sur le drap, un long bras blanc. La main était forte et douce, étendue largement ; une main faite pour porter le sceptre ou l'épée, qu'on rêvait pourtant de sentir se poser doucement sur son épaule, avec une infinie confiance. Mais c'est surtout le visage du prince qui attirait les regards, et qui captiva Niagalé. Les traits étaient plus fins que ceux d'une jeune fille, mais tout en eux disait une résolution inébranlable, une force que rien ne pouvait arrêter. Il était paisible et sûr, sans crainte ni ombre d'aucune sorte, sans tache ni défaut, sans ride, plein de jeunesse et de vigueur. Un souffle profond et lent l'animait doucement. Niagalé ne pouvait en détacher son regard. Qu'il était beau... Et le parfum qui en émanait était indicible maintenant, si délicat, si subtil qu'il semblait entrer dans le plus profond de son être. Tout disait, chantait le bonheur et l'amour dont elle avait toujours rêvé, elle, la reine devant son roi. Abimbi... Le cœur de Niagalé criait qu'il fallait le servir, le protéger dans sa fragilité, car il était sans défense devant elle. Et comment pourrait-elle jamais refuser l'amour que tout en lui exprimait. Abimbi...

Niagalé ne bougeait plus, captivée par sa beauté. Elle attendrait sans troubler le sommeil de son prince, de son roi, elle attendrait qu'il se réveille et qu'il veuille bien jeter les yeux sur elle. Elle attendrait qu'il veuille bien l'emmener où il voudrait. Car avec lui, elle serait pour toujours en sécurité. Toutes les mises en garde de Lokolaka lui semblaient de la paille maintenant, et les paroles de Ndabaniwe résonnaient à ses oreilles comme les sinistres cris d'une hyène, ivre de laideur et de jalousie, comme du vent. Rien ne pouvait résister au doux venin des charmes d'Abimbi. Ses dernières défenses tombèrent. Elle était vaincue. Niagalé ne bougeait plus. Et puis une inspiration plus forte du prince découvrit légèrement une mèche de ses beaux cheveux blonds. Une petite pierre bleue brilla à son front. Elle était maintenue par un léger fil d'argent, comme une couronne discrète et majestueuse. Un diamant bleu...

L'esprit de Niagalé se réveilla lentement. Le diamant bleu. Une fois encore, il lui fallut un violent effort de volonté, simplement pour se souvenir. Oui, le diamant bleu dont l'oiseau lui avait parlé, dont Ndabaniwe lui avait révélé le nom : Ndokh Malamu. Elle lutta intérieurement. Toute cette beauté n'était qu'un piège qui la rendait esclave, comme la souris est esclave du regard du serpent. Mais voler sa pierre au prince, ne serait-ce pas sacrilège, lui qui était livré en ses mains ? Qui était-elle pour refuser l'amour qu'il lui avait offert, le trône qu'il lui avait promis ? Elle lutta encore un moment. Comment faire pour dénouer ce fil d'argent ? « Ah, qu'on en finisse se dit-elle. Si je dois le réveiller, qu'il se réveille et fasse ce qu'il voudra : me tuer ou m'épouser ».

Sa main s'approcha lentement du front immobile. Abimbi ne bougeait pas. Elle pouvait sentir la chaleur de son corps maintenant, une douce chaleur qui l'attirait à lui. Elle serra les dents, se pencha, prit délicatement la pierre entre ses doigts. Le fil d'argent avait l'air si fin, si fin… au moindre geste, il se briserait, elle en était sûre. Son cœur s'arrêta dans sa poitrine, sa respiration était haletante, et Abimbi dormait toujours. Elle touchait au but.

Mais elle s'était trop penchée, et de la lampe qu'elle tenait encore de l'autre main, jaillit une goutte d'huile brûlante qui tomba sur l'épaule du roi endormi. Niagalé se jeta en arrière, tandis qu'Abimbi remua, ouvrant la bouche comme en un long bâillement. Cela ne dura qu'un instant. Mais la jeune fille eut le temps de voir une longue langue, effilée et fendue, et deux crocs à venin au milieu des dents blanches. Et elle eut le temps de sentir le souffle de la bête, un souffle plein de haine et de vice, repoussant de puanteur et de malignité. Et puis il referma la bouche, et son corps fut agité d'un brusque soubresaut. Il allait s'éveiller ; il était éveillé.

Niagalé se retourna et se mit à courir, frémissante de terreur tandis qu'un sifflement à glacer le sang vint comme lui fouetter les oreilles. Le Serpent avait été réveillé dans son antre, et la douleur avait dévoilé un instant sa véritable identité. Elle était déjà dans le couloir quand elle entendit : « Ma princesse, mon aimée, reviens ! ». Il avait déjà compris, et usait de tous ses artifices pour garder la proie qui s'était livrée d'elle-même. Mais les charmes du Serpent n'étaient rien à côté de l'horreur que sa véritable apparence inspirait, son masque était tombé à jamais pour la jeune fille qui accéléra encore, aiguillonnée par la peur. Tout était perdu, et pourtant une ardeur presque animale l'avait saisie. Elle ne voulait pas mourir. Ses pas résonnaient dans le couloir et elle filait comme le vent. Mais derrière elle, l'écho des pas d'Abimbi et de ses cris la talonnait ; il s'était levé et la poursuivait. La poitrine de la petite fille brûlait, tandis qu'elle montait encore et encore, ses jambes se faisaient lourdes et raides, un peu plus à chaque pas. Mais elle continuait, dans la lumière désormais vacillante de sa lampe. Brusquement, les ténèbres se refermèrent autour d'elle : les dernières gouttes d'huile étaient consumées. Une terreur plus grande encore s'empara d'elle un instant, tandis que son imagination lui faisait déjà sentir les mains du Serpent se poser sur ses épaules, l'attirer dans une ombre plus profonde encore. Mais elle fit un violent effort pour ne pas s'abandonner au désespoir. Il ne fallait pas ralentir. Le couloir était tout droit, et de sa main, elle sentait les parois de pierre lisse ; elle pouvait encore courir. Bientôt sa main ne rencontra que le vide ; elle était dans la grande pièce aux huit portes ; la sortie était proche. En tâtonnant, elle retrouva sa perle qui lui indiquait le corridor qui la mènerait à l'air libre, et s'y élança. Les cris ne semblaient pas se rapprocher ; ne se faisaient-ils pas plus distants ? Un fol espoir emplit le cœur de Niagalé. Elle s'en sortirait ; elle ne se laisserait pas prendre, elle échapperait à la nuit. Aussi, malgré la fatigue qui alourdissait chacun de ses mouvements, elle reprit son chemin en aveugle, aussi vite que possible.

Enfin, loin devant elle, une faible lueur se mit à briller : la sortie, l'air libre. Derrière elle, les échos lointains des cris d'Abimbi mouraient peu à peu. Il n'était pas aussi rapide qu'elle, il n'était pas invincible. Elle ne serait pas à lui, jamais. La joie lui redonna des forces nouvelles, et malgré la douleur, elle courait encore. Le couloir s'élargissait, la lumière se faisait plus forte, elle rentrait dans le palais. Niagalé s'arrêta un instant, hors d'haleine, et écouta. Aucun bruit ne venait troubler le silence, en dehors de sa respiration haletante : tous dormaient encore. Une joie immense montait en elle. Mais soudain, son cœur mourut en sa poitrine et elle s'arrêta, pétrifiée. Elle venait de réaliser d'où venait cette lumière, qui lui donnait tant de courage : le jour se levait. Et elle comprit alors que le silence était aussi celui de Lokolaka : elle ne pourrait plus compter sur son secours. La lumière montait ; la nuit pour elle.

Un cri strident déchira le calme du palais, Abimbi s'approchait. Loin devant, un autre cri répondit : « Où est la princesse ? ». C'était la vieille Kitongo qui s'était réveillée. D'autres voix lui répondirent. Tout était perdu ; le désespoir s'abattit sur les épaules de Niagalé, plus lourdement encore que l'épuisement de sa course folle. Elle tomba à terre et perdit connaissance.

Les noces noires

Ça y est, elle ouvre les yeux !

– Voyez ce regard de gazelle apeurée... en voilà une qui a compris qu'un lion était sur ses traces et ne la laisserait point échapper.

Mais qui a oublié de lui donner à boire du Kaava ?

– Personne, nous nous sommes occupées d'elle comme nous l'avons fait avec toutes les autres. Elle aura certainement été secourue par quelqu'un, voilà tout. Cette petite n'est pas ordinaire. C'est la plus belle et la plus courageuse que nous ayons jamais trouvée. Elle n'en fera qu'une épouse plus délicieuse que toutes les autres pour notre bon roi !

Des rires approbateurs emplirent la pièce.

– Maintenant, ménagez-la, et préparez-la avec soin. Il faut qu'elle soit resplendissante pour tout à l'heure. Quand notre roi est satisfait, les richesses abondent pour nous.

Niagalé fut éveillée par de nombreuses voix de femmes. La dernière lui était bien connue, c'était celle de Kitongo, dure et sèche. La petite princesse était allongée sur sa couche, dans sa chambre. De nombreuses servantes s'affairaient de la pièce, d'autres la dévisageaient. Kitongo la regarda longuement...

– J'ignore comment tu as pu t'échapper ainsi, princesse, mais ta fuite ne se renouvellera pas. Dans quelques heures, nous t'offrirons en mariage à notre roi Abimbi, et il t'emmènera dans son palais souterrain. Nul d'entre nous ne sait ce qu'il y adviendra de toi et peu nous importe. Nous savons seulement qu'au bout d'un an, il a dévoré sa dernière épouse, et qu'il lui en faut une autre. Et nous savons aussi que c'est là le seul tribut qu'il nous impose, pour prix de la paix, de la prospérité et de la force sans limite que ses sorts nous octroient. Avoue que ce n'est pas cher payé ! Princesse... mais tu n'as rien d'une princesse, sais-tu ? Nous t'avons capturée à trois jours de marche d'ici, à l'Est. Tu étais perdue, une pauvre fille de la campagne qui implorait notre secours. Ce sont nos chasseurs qui t'ont trouvée, et je dois dire qu'ils ont eu la main heureuse, plus que jamais, de mémoire de Kitongo. Oui, vois-tu, ce n'est pas cher payé. Tu te jettes entre nos mains, tout apprêtée pour les noces. Nous t'offrons à Abimbi. Et il nous mène sur les chemins de la gloire et de la puissance, et jamais l'empire des Lubas n'a été si riche.

Les larmes de Niagalé coulaient silencieusement. Kitongo rit méchamment.

– Crois-tu m'apitoyer avec tes airs implorants ? Qui crois-tu que je préfère sacrifier ? Ma prospérité, mon peuple et ma vie même, ou une parfaite inconnue ? Ta beauté et ta douceur ne sont rien pour moi, rien qu'une monnaie d'échange... Nos ancêtres nous ont prévenus de la ruine qui nous menaçait si le tribut manquait une seule fois, et nul d'entre les Lubas n'hésitera une seconde. Notre prospérité ne sera jamais trop chère payée... alors pour un prix aussi dérisoire que toi...

Les servantes vinrent interrompre la vieille.

- Lui donnons-nous du Kaava ?

- Non, laissez-la ainsi, ne lui donnez rien. Elle a voulu affronter son sort, qu'elle le fasse jusqu'au bout. Et puis, ses larmes ne la rendent pas moins belle, au contraire. Emmenez-la aux fontaines, lavez-la soigneusement, et parfumez-la. Elle sent la peur... Mettez-lui la robe nuptiale, les plus beaux bijoux, et vous n'aurez qu'à joindre ses deux poignets et ses deux chevilles par des chaînes d'or. Cela suffira largement à l'empêcher de faire la moindre tentative d'évasion. Du reste, où pourrait-elle aller ? La ville entière sera dans la cour du palais pour assister à la noce. Tu entends princesse ? tu ne pourras jamais t'échapper d'ici, jamais.

Niagalé ne répondit rien. Un souffle de colère passa en son cœur, mais elle l'écarta bien vite. Toute cette haine et ce mépris la meurtrissaient profondément. Mais elle ne voulut pas y céder, en les laissant prendre racine en elle. Ses dernières heures ne seraient pas gaspillées dans le mal... Elle essaya de repenser aux siens, plutôt que de se laisser envahir par la terreur ou le ressentiment. Ses souvenirs ne revenaient toujours pas, mais elle avait maintenant une direction : elle venait de l'Est. L'urgence de l'eau restait gravée en elle. « J'ai certainement été envoyée par mon village parce qu'ils manquent d'eau, se dit-elle ». Absorbée dans ses pensées, elle se laissait faire, pendant que les servantes la préparaient. Mais progressivement, le désespoir couvrit toute autre pensée, et elle se mit à pleurer, pendant qu'on l'habillait, la parfumait. Serait-elle dévorée rapidement ? Ou resterait-elle enfermée des mois durant ? Abimbi se montrerait-il tout de suite en son odieuse forme de serpent ? Les servantes la redressèrent, la coiffèrent, lui mirent les plus beaux bijoux.

– C'est à vous et vos semblables que nous devons tout cet or, dit l'une d'entre elles.

Niagalé ne dit rien. Puis elle leva les yeux :

– L'or acheté par le déshonneur sera toujours trop cher. Abimbi n'est pas si loyal qu'il tienne longtemps ses promesses. Bientôt, vous saurez qui il est...

– Penses-tu que nous ne l'avons pas deviné ? dit Kitongo. Les hommes sont des fauves, qu'il nous faut savoir apaiser. Et celui-ci, notre roi, tout splendide qu'il soit, disparaît en la terre... Il a plus faim que d'autres, voilà tout. Un fauve souterrain, voilà qui me suffit. Un fauve qui nous donne plus d'or et de puissance que tous les autres. Allons, vous autres emmenez-la, l'heure est venue.

Niagalé ne répondit rien. Kitongo lui fit de la peine. Son cœur était-il sombre au point de ne voir dans le monde que violence, domination et richesse ? On lui lia les poignets et les chevilles par de délicates chaînes d'or. Elle pouvait à peine marcher, et les servantes la portèrent. Elle n'échapperait plus à son triste sort maintenant. Mais elle savait que le triste empire des Lubas tremblait déjà sur ses bases, depuis que la reine Ndabaniwe s'était enfuie... Les mensonges d'Abimbi n'auraient bientôt plus de déguisements. Qu'adviendrait-il alors de son alliance avec les Lubas ? Elle, en tout cas, ne bénéficierait en rien de la délivrance de la belle évadée. Que pourrait faire la reine des termites pour l'aider maintenant ? Elle avait déjà oublié la pauvre petite victime d'Abimbi, certainement.

Ses pensées avaient distrait Niagalé un instant, mais elle fut reprise par le désespoir et se remit à pleurer. Rien ni personne ne pourrait la délivrer. Au-dehors, on entendait les cris de la foule: « Gloire à la princesse Niagalé, heureuse promise de notre roi Abimbi. Gloire à celle qui nous donnera encore richesse et prospérité ! » Le cortège des servantes arriva en face de la grande cour, inondée de soleil. Le bruit était indescriptible. Une foule immense était là, parée de ses plus beaux atours, chantant au son des tam-tam et des balafons: tout Namuzungo s'était rassemblé. On apporta un grand trône de bois incrusté d'or, sur lequel Niagalé fut assise. Quatre forts serviteurs prirent en leurs mains les grandes traverses d'or qui y étaient fixées, et soulevèrent la frêle jeune fille, posant ensuite les barres sur leurs épaules. Alors ils sortirent.

Niagalé fut d'abord aveuglée par la lumière, mais ce qui la saisit fut le silence soudain. Tous les instruments s'étaient arrêtés; la foule la regardait sans un bruit. Les quatre porteurs avançaient au pas, et traversèrent la grande cour, pour porter Niagalé sur l'estrade de bois qu'elle avait aperçue la veille... la veille... c'est-à-dire il y a si longtemps. Des servantes la prirent en leurs bras, et la déposèrent sur un autre trône, plus magnifique encore que le précédent. Il était finement ouvragé, en ivoire et en or, et figurait une grande mâchoire dans laquelle elle était assise. À côté d'elle, un autre trône avait été dressé: tout aussi richement ouvragé, il figurait plutôt un lion tout entier, sur le dos duquel le prince Abimbi s'assiérait. Si le fauve n'était pas exactement celui de la réalité, les artistes Lubas avaient visiblement bien compris ce que cachait le mariage royal. Toute la foule avait les yeux fixés sur Niagalé, qui resplendissait, parée d'atours somptueux. Elle pleurait doucement, mais elle ne rencontra pas un regard de pitié. Leurs yeux me dévorent, pensa-t-elle. Ils sont comme leurs maîtres.

Soudain les tam-tam se remirent à battre la mesure, beaucoup plus lentement maintenant. Au rythme d'une marche grave et mesurée, danseurs et danseuses entrèrent dans la grande cour de Kaala Ndormeï, le palais de l'eau et du feu. La foule gardait le silence. Un premier groupe de danseuses s'avança. Toutes de très jeunes filles, richement vêtues, et chacune tenait dans la main droite une pièce de tissu rouge, et dans la main gauche, une pièce de tissu bleu. Elles tournaient gracieusement, faisant de grands cercles avec leurs tissus, tout en s'avançant progressivement vers le centre de la cour. Là, elles formèrent comme une grande haie, en s'alignant sur deux rangées, laissant entre elles un espace vide. Alors, un danseur fit son entrée dans la cour. Il s'avança lui aussi vers le centre, et passa lentement entre les deux rangées de danseuses qui lui tendaient leur tissu rouge. Le danseur, se les attachant aux bras, aux jambes et à la tête, tournoyait et faisait voir mille flammes. Puis une autre danseuse sortit du palais. Quand ils la virent, les joueurs de tam-tam et de balafon accélérèrent soudain leur rythme. Elle aussi passa entre les deux rangées de danseuses, qui la revêtirent de leurs bandes de tissu bleu. Elle aussi se mit à tournoyer gracieusement, et s'approcha lentement du danseur du feu. Puis les jeunes filles se disposèrent en un immense cercle, loin autour du feu et de l'eau qui maintenant étaient l'un en face de l'autre, et frappaient le sol en cadence.

Alors, soudain, les jeunes filles tournèrent le dos à l'homme et la femme qui dansaient ensemble, et refermèrent peu à peu leur cercle, si bien qu'on ne vit plus rien des deux figures centrales. Elles se rapprochèrent, tournèrent, tournèrent, de plus en plus vite, jusqu'à ce que soudain, les tam-tam s'arrêtent. Rien ne bougea pendant un moment, et le silence dura une bonne minute, ne laissant entendre que les halètements des danseurs épuisés. Enfin, chacune des jeunes filles courut droit devant elle. Dans leurs mains, elles tenaient des perles bleues qu'elles jetèrent aux foules. Au centre, on ne voyait plus que le danseur du feu, droit debout. La danseuse de l'eau avait disparu, sans doute tout simplement dans une trappe. La foule se mit à crier, dans des débordements d'allégresse indescriptible. « Gloire à la princesse qui nous vaut tant de richesse » « Vive notre roi Abimbi, dispensateur des trésors » « Vive l'empire des Lubas, qu'il règne à jamais ». Les habitants de Namuzungo semblaient pris de folie, hommes femmes et enfants hurlaient et trépignaient de joie. Mais Niagalé les regardait en pleurant ; lequel d'entre eux pouvait prétendre ne pas comprendre ce qui arriverait à la princesse qu'on allait marier chaque année, et d'où venaient les richesses de l'empire des Lubas ?

Mais un bruit couvrit le tumulte : de grands cors sonnaient, et les tam-tam se mirent à rouler solennellement. Alors tout le monde se tut à nouveau, et les instruments firent silence eux aussi ; l'heure était venue. Le palais était vide et silencieux, tous les serviteurs et les servantes étaient rassemblés, derrière la grande estrade de bois. La foule, juchée sur des gradins ou massée contre les murs l'entourait sur trois côtés, mais le dernier faisait face au palais, et la partie de la grande cour où les danseurs s'étaient rassemblés était totalement vide. Elle séparait l'estrade et la grande porte du palais, sur laquelle tous les yeux étaient fixés. Pendant un moment interminable, rien ne se passa. Et puis un frémissement parcourut les Lubas, et toutes les poitrines poussèrent un soupir, un gémissement de joie et d'adoration : le parfum d'Abimbi commençait à se répandre. Niagalé n'essaya même pas de résister à son charme. À quoi bon ? Elle était épuisée, et sa volonté ne réagissait plus. Son cœur se remit à se gonfler d'amour pour son prince ; et même si elle savait bien qui il était, qu'importe. Il me dévorera, disait sa raison, et tant mieux, répondaient ses sentiments ; quel sort plus heureux que d'être pour toujours avec celui que j'aime ? La jeune fille était totalement déchirée intérieurement, comme écartelée entre deux chevaux qui tiraient chacun dans son sens, sans qu'elle pût leur résister. Elle en souffrait intensément dans son corps et son cœur.

Le parfum se faisait plus fort, et enfin, il parut. Tous les Lubas s'agenouillèrent, et Niagalé tressaillit de terreur et de joie tout en même temps. Il marchait lentement, majestueusement. Il était grand, dépassant d'une tête tous les autres hommes. Sa peau claire brillait dans le soleil comme de l'ivoire, et ses cheveux, comme de l'or. À son front, il portait la pierre bleue, Ndokh Malamu, qui scintillait comme une étoile. Mais en dehors de cela, il ne portait aucun bijou. Sa tunique était rouge, serrée à la taille par une ceinture d'or. À la main, il portait un simple sceptre de bois. Il s'approcha, monta les marches, et s'arrêta en face du trône de Niagalé. « Bonjour Niagalé, nous nous retrouvons enfin » dit-il simplement, avec un sourire étincelant. Sa voix était douce comme le bruit d'une source, mais chaque mot semblait rentrer dans le plus profond de l'esprit de Niagalé. Elle voulut se jeter à genoux et implorer le pardon de son roi, pour avoir douté de lui et l'avoir dérangé dans son repos, mais pas un son ne sortit de son gosier, et elle ne put prononcer un mot ou faire un geste : la terreur était trop profondément inscrite en elle pour qu'elle pût l'oublier, et une part de son cœur hurlait de peur et de dégoût. Elle se sentait partir en morceaux.

– Je sais bien ce que tu penses, et je te pardonne, dit Abimbi. Tu pourras te racheter bientôt.

Il sourit doucement. Puis il s'assit sur son trône, et se mit à crier.

– Hommes de Namuzungo; vous tous fiers Lubas, me voici.

Sa voix était d'une incomparable puissance, et en même temps douce et suave. Quiconque entendait ces mots n'avait qu'un désir: suivre ce roi jusqu'au bout du monde.

– Je viens aujourd'hui pour m'acquitter de mes serments de fidélité envers vous, et pour recevoir de vous l'expression de votre fidélité et de votre bonté envers moi.

Tous les Lubas étaient prosternés.

– Vous avez mis sur ce trône une jeune fille. Est-ce bien celle que vous me destinez pour épouse?

– Oui, répondirent-ils tous en chœur.

– Elle est aussi belle que mon cœur pourrait désirer. Quel est son nom?

– Niagalé!

Alors Abimbi se tourna vers Niagalé et la regarda de ses grands yeux bleus. Elle était comme pétrifiée. Il posa la main sur celle de la jeune fille. Elle frémit. D'allégresse? D'amour? De terreur? De dégoût? Tout à la fois. Son corps tenait ferme, mais il lui semblait que son cœur était disloqué en une pluie de poussière, en mille éclats épars. Il la caressa doucement. Le frémissement de la jeune femme grandit encore.

– Niagalé, veux-tu être mon épouse?

Elle ne pouvait répondre. Un fleuve irrésistible bouillonnait en elle, se pressant contre tout rocher, dévalant les pentes, emportant toutes ses défenses : « Oui, oui mon prince adoré, tout ce que tu veux, pourvu que tu sois content ». Et en même temps des murailles de refus s'élevaient sans cesse : « Non, jamais », hurlaient toutes ses craintes, toute sa mémoire, toute sa raison. Elle était sans force. Le peu qui lui restait de volonté résistait tant bien que mal au torrent d'un terrible désir de plaire qui grondait en elle.

- Niagalé, veux-tu être mon épouse ?

Le prince serra sa main, la dévora des yeux. Niagalé aurait voulu fermer les siens, mais c'était impossible. Elle était pétrifiée. Il rentrait dans son cœur, dans le plus profond de son esprit, saisissant tout par des mains avides et froides. Le prince murmura : oui, je le veux. Et Niagalé entendit avec horreur sa propre voix qui criait dans sa gorge :

- Oui, je le veux.

Alors Abimbi sourit, et desserra un peu l'étreinte de sa main. Tous les Lubas se mirent à crier de joie. Se tournant vers eux, Abimbi cria :

- En l'honneur de ma nouvelle épouse, voici un gage de mes bontés à venir.

Rien ne se passa pendant un instant, puis soudain un grand souffle passa sur l'assistance. Le tonnerre gronda au loin. De sombres nuages se firent voir, à l'est, grossissant rapidement.

La pluie, la pluie crièrent les Lubas. Gloire à notre roi et à sa reine Niagalé. Longue et douce vie à elle, dans les bras de son bien-aimé.

Abimbi rit, et se tourna vers Niagalé.

– Nous allons partir bientôt, n'est-ce pas ?

La jeune fille était plongée dans un abattement et une honte sans fond. Comment avait-elle pu se laisser faire ainsi ? Toute la foule l'avait entendue et pourrait témoigner. Elle avait vraiment dit oui à la demande en mariage du prince... Loin de l'apaiser, cette parole forcée la laissa encore plus douloureuse et divisée en elle-même. Elle se méprisa profondément en ces instants ; sans pouvoir faire taire en elle l'élan qui la poussait encore à se soumettre au bon plaisir du prince, elle se sentait complice du grand mensonge qu'il était, complice de sa propre honte à elle. « Je ne mérite pas mieux que d'être dévorée, se dit-elle, tout est de ma faute ». Abimbi la regardait en souriant, semblant deviner les sombres pensées auxquelles elle s'abandonnait.

– Combien je suis heureux que tu veuilles bien de moi, belle Niagalé, dit-il. Tout adviendra conformément à ton bon plaisir.

Puis il donna des ordres à quelques serviteurs pour que des pièces d'or soient distribuées aux Lubas, qui dansaient et chantaient à la pluie.

Mais alors deux évènements minuscules se produisirent. Niagalé sentit comme un fourmillement le long de ses chevilles, qui se répandait à une vitesse stupéfiante sur ses jambes, son ventre, ses côtes, ses bras et finalement ses poignets : de minuscules termites, surgissant du plancher de bois, se mirent à découper en silence les liens d'or qui lui liaient les jambes et les bras. En quelques instants à peine, elle était libre. Mais la jeune femme n'eut pas le loisir de se réjouir ou de penser avec gratitude à la reine

Ndabaniwe qui ne l'avait pas oubliée. Car dans le même moment, le charme du parfum s'estompa, et une faible odeur commença à s'élever, qui chassa instantanément tout sentiment d'amour du cœur de Niagalé, tout désir de suivre Abimbi : l'odeur pleine de malice du serpent se répandait. Elle regarda, et vit avec terreur que la peau d'un des bras commençait à se fendre. Bien sûr, le serpent n'avait pu se procurer une nouvelle apparence humaine pour cette année, et son dernier déguisement de chair commençait à se détacher comme la vieille peau d'un reptile. Le serpent qui s'était comme lové dans la splendide enveloppe sortait rapidement, en déroulant ses longs anneaux, et sa puanteur malicieuse se répandit soudain. Il montait et se dressait dans toute sa puissance. La foule avait cessé ses danses et ses chants, dès l'instant où le charme du prince avait commencé à s'estomper. Tous les Lubas se tournèrent vers les trônes, en gémissant ; et les yeux écarquillés de terreur, ils virent un énorme serpent s'élever là où un instant auparavant, leur roi répandait sur eux ses richesses. Ils hurlèrent et se jetèrent les uns sur les autres, se mirent à ramper à terre, à se boucher les oreilles et se cacher les yeux comme ils le pouvaient. Abimbi se dévoilait maintenant dans toute sa sombre gloire, et une peur folle se répandit dans tout Namuzungo. Femmes, hommes et enfants rampaient en pleurant de peur pour s'éloigner de leur terrible maître, mais d'un sifflement, il les fit s'arrêter :

– Restez ici, esclaves.

Tous se figèrent, la tête contre le sol ou contre les murs.

– Regardez-moi.

La voix était aussi terrifiante qu'impérieuse. Tous les Lubas se retournèrent, tout tremblants, la gorge nouée par des sanglots d'enfant effrayé, et ils regardèrent le roi Serpent. Il était immense quand il se redressait, plus gros que le torse du plus fort des hommes; ses écailles noires et grises dessinaient d'innombrables figures géométriques qui brillaient au soleil. Sa tête était énorme, de forme triangulaire. Une langue rouge vif en sortait, et de temps en temps, la bouche ouverte laissait voir des crocs à venins aussi longs qu'un avant-bras. Les yeux jaunes brillaient d'une lueur maligne et annihilaient toute volonté de résistance quand ils croisaient un autre regard. En sifflant, il les toisa lentement, longuement, un à un, figeant chacun des habitants de Namuzungo dans l'immobilité d'une soumission absolue. Abimbi ne pouvait plus susciter l'amour et l'adoration, comme il l'avait fait si longtemps. Il ne lui restait plus que la joie de la domination pour nourrir son cœur obscur et il s'y vautra un bon moment.

Vous êtes à moi, finit-il par siffler. À moi. J'ai décidé de faire s'achever le temps de la beauté et de la richesse. Voici maintenant le temps de la peur et du sang. Je vous enverrai semer la violence et le feu partout autour de mon royaume. Aujourd'hui vous êtes venus pour un mariage, et vous saviez tous ce qui advenait réellement aux jeunes filles que vous m'envoyiez. Vous avez fermé les yeux pendant si longtemps, aujourd'hui gardez-les ouverts. C'est pour que je les dévore que vous m'avez amené des jeunes filles, et que vous continuerez à tout jamais.

Et Abimbi ouvrit grande sa gueule, tendit son corps pour frapper et engloutir Niagalé. Il se retourna et s'élança sur le trône où elle était enchaînée. Mais Niagalé était partie.

L'Uzungo bouillonne

Le vêtement d'homme d'Abimbi était en train de se déchirer, et le Serpent monstrueux se montrait dans sa sombre vérité. Toujours assise, Niagalé ne bougeait pas. Ses chevilles et ses poignets étaient libres, mais elle pensait qu'un seul mouvement pouvait la trahir. Le bruit d'une chaîne qui tombe parvint à ses oreilles, mais elle ne fermait pas les yeux, toujours immobile. Les Lubas gémissaient, Abimbi se redressait dans toute sa force. Il jeta vers eux toute sa malice, et Niagalé sentit comme un poids qui tombait de son cœur: le Serpent ne dirigeait plus sa haine contre elle. Elle tourna son regard vers l'origine du bruit qu'elle avait entendu: la pierre bleue était là, au bout de sa chaîne d'argent, Ndokh Malamu. Il lui fallait la prendre pour sa famille, et voilà qu'elle était là, presque à ses pieds: Abimbi la portait sur son front, mais sa peau humaine gisait à terre, et avec elle tous ses vêtements, et son bijou précieux.

Le reptile criait maintenant sa haine contre les habitants de Namuzungo; Niagalé rassembla toutes ses forces et toute sa volonté, pour s'arracher au désespoir où elle s'était trouvée enfermée. Abimbi n'était pas invincible, elle ne serait pas dévorée, elle avait une chance. Elle s'élança sans bruit, ramassa la pierre, et se mit à courir dans le sable de la cour, en la seule direction où il n'y avait personne: droit vers le palais. Derrière elle, la foule des Lubas pleurait de peur, et Abimbi criait toujours sa violence et sa haine ; personne ne la suivait. Le poids du découragement pesait moins lourd sur son cœur, à chaque instant. Nul ne la regardait ; elle entra dans le palais vide, courut tout droit, sans trop réfléchir. Un instinct la guidait. Il lui fallait s'y fier et tenter le tout pour le tout maintenant, car soudain un sifflement épouvantable la déchira et la glaça jusqu'au sang : Abimbi venait de s'apercevoir qu'il avait laissé échapper sa proie. Il était plutôt lent dans son enveloppe humaine, mais le serait-il également avec son véritable corps de reptile ?

Elle força encore l'allure, s'enfonçant plus loin dans le palais, vers les salles plus obscures qui donnaient sur le rocher. Elle avançait dans le couloir principal, ses pas faisaient résonner les murs ; les salles devenaient plus petites, elle s'approchait du tunnel. Mais derrière elle, les sifflements se faisaient plus nets. Elle distinguait vaguement son nom parmi les cris. Elle entra dans le tunnel ; les cris se rapprochaient : « Tu m'appartiens Niagalé, tu m'appartiens ». Un poids glacé pesait à nouveau sur son cœur, rendant chaque mouvement plus dur. Et puis elle était plongée dans la nuit, et devait se guider avec le mur qu'elle frôlait de la main. Le couloir était taillé tout droit, et elle courait encore, mais elle commençait à distinguer maintenant l'odeur plus repoussante encore d'Abimbi, comme si toute sa haine et sa convoitise se jetaient contre elle. Soudain, sa main droite qui suivait le mur ne rencontra plus que le vide. Elle était dans la salle ronde, et savait qu'il y avait sept portes. Son instinct la guidait toujours, mais il lui fallut lutter contre le découragement et la panique : il ne fallait pas s'engouffrer dans le premier tunnel venu, mais rassembler ses souvenirs, et recompter soigneusement : en partant de la droite, un, deux, trois. Elle fit quelques pas dans ce tunnel. Les sifflements et les cris de haine étaient proches maintenant, l'odeur épouvantable. « Tu es à moi, et je ferai de toi selon mon bon plaisir. » Ni son oreille ni son odorat ne pouvaient plus lui confirmer que ses souvenirs ne la trompaient pas. Et que cherchait-elle vraiment ? Elle ne le savait pas bien, mais elle se remit à courir, aussi vite que possible, dans le noir.

Au bout de quelques instants, la pierre bleue qu'elle tenait dans la main se mit à briller d'un pâle éclat. La joie transperça le cœur de la jeune fille, et elle courut plus vite encore. Les cris de la bête se faisaient plus proches, et plus impérieux. Quelque chose cependant s'était dénoué dans le cœur de la petite princesse, sa volonté n'était plus liée par les mots d'Abimbi. La terreur rendait chaque geste et chaque décision plus pesante, mais le fond de son cœur n'était plus aveuglé. Devant elle maintenant, la rumeur d'une rivière enflait et mugissait. Abimbi était tout proche, elle pouvait percevoir maintenant le froid de sa peau reptilienne, et sa volonté malfaisante qui la retenait. La pierre bleue brillait, la rivière était toute proche, sans doute. Elle ne pouvait pas échouer maintenant. Les frottements du Serpent contre le sol se mêlaient maintenant à ses cris, pleins de haine et maintenant de triomphe. « Tu ne m'échapperas pas. Tu m'appartiens pour toujours. » Le Serpent était sur elle, à quelques mètres à peine. Niagalé courait. Deux mètres. Un mètre. Le mugissement de la rivière. Abimbi s'arrêta soudain, replia son corps pour se préparer à frapper et, sans que la petite fille ait rien perçu, elle se sentit happée ; mais c'était par le courant.

Dans un grand éclaboussement, elle chuta de toute sa vitesse dans une rivière glacée. Et Nodkh Malamu scintilla de mille feux, l'eau se mit à bouillonner, emportant la princesse et s'enflant en un instant, tandis qu'elle se dressait comme une muraille dans le couloir obscur, sur laquelle le Serpent se heurta avec violence. L'Uzungo avait reconnu son Seigneur, la maîtresse de la pierre de l'eau, et la rivière rejetterait désormais quiconque voudrait l'approcher.

Les vagues furieuses emmenaient la petite fille dans l'obscurité ; elle ne put entendre les cris de rage et de désespoir d'Abimbi qui voyait sa proie lui échapper à l'instant même où son désir mauvais allait être assouvi. L'Uzungo s'enflait et s'enflait encore, et Niagalé perdit connaissance, tandis qu'elle était portée sur les vagues...

Elle se réveilla sur une petite plage de sable rouge, abritée dans un bras de l'Uzungo. Au loin, on voyait quelques lumières, aux fenêtres des plus hautes maisons et du palais de Namunzungo. Elle était déjà à bonne distance de la capitale, à quelques heures de marche sans doute, et la rivière l'avait portée jusqu'au cœur de la nuit. Les flots l'avaient délicatement déposée sur un endroit sec et calme, tandis qu'avec fracas, ils se jetaient dans des rapides infranchissables. L'on distinguait des pierres noires et luisantes arrosées sans cesse par l'écume furieuse ; jamais elle n'aurait pu passer par là, et la rivière l'avait portée aussi loin qu'il était possible. Elle était reine de l'eau, et la pierre qu'elle serrait dans sa main luisait encore. Niagalé reprit ses esprits. Il fallait partir rapidement, mettre la plus grande distance possible entre elle et l'antique Serpent. Elle se leva, et se sentit étrangement revigorée par son voyage dans la rivière souterraine... Elle déchira un pan de sa robe pour en faire une ceinture dans laquelle elle cacha et serra Ndokh Malamu, la pierre de l'eau, et puis elle se mit en route. Où aller ? Elle ne savait pas. Loin de Namunzungo, en tout cas. Elle tourna donc le dos à la cité, et s'en fut résolument, vers l'est où l'appelait son cœur.

Nakanda

Elle marcha un bon moment dans la plaine, emplie de forces neuves et d'espérance. Elle avait échappé au venin d'Abimbi. Peut-être qu'il l'oublierait ? Il était seigneur d'un grand peuple, il avait certainement des empires et des royaumes à conquérir. Elle n'était qu'une pauvre petite fille, un peu jolie tout au plus. Il l'oublierait. La nuit était toute pleine de cris d'oiseaux, des rires de l'hyène parfois, du glapissement des chacals. Elle n'avait pas peur. D'immenses arbres bruissaient dans le vent, et il lui semblait que leurs branches venaient la caresser. Elle était reine de l'eau, elle avait échappé. Oui, elle vivrait.

Dans la nuit, ses souvenirs remontaient progressivement. Oui, elle venait de l'est, de loin. Là où la plaine était sèche, où l'eau était précieuse. Elle venait d'un village où l'eau était devenue mauvaise. Mais comment avait-elle fini par se retrouver à Namuzungo ? Et qui était-elle ? Elle ne le savait pas encore. « Ce n'est pas grave, cela va me revenir ». La fatigue finissait tout de même par venir, rendant plus lourd chacun de ses pas, fermant ses paupières. Il était temps de dormir. Elle avisa un bel arbre, un fromager blanc dont les énormes racines avaient formé comme un petit abri. Elle s'y blottit ; la nuit, fraîche et douce, la berçait tendrement, et elle s'endormit.

– Ainsi, c'est toi qu'ils cherchent…

Une voix rauque et grave la réveilla.

– Qu'avez-vous dit ?

– J'ai dit que c'est toi qu'ils cherchent...

Une vieille femme regardait Niagalé. Elle portait de nombreux colliers d'or autour du cou, des anneaux d'or aux oreilles, et un grand habit blanc. Son sourire édenté effraya la petite fille qui se leva.

– Qui êtes-vous ?

– Je suis la vieille Nakanda, et je vis dans une case, près d'ici. Les Lubas m'ont bannie il y a bien longtemps, mais maintenant, je vais enfin pouvoir rejoindre la compagnie des miens.

– Pourquoi vous ont-ils bannie ?

– Je sais faire des potions et des poisons. Ma mère m'a enseigné, et sa mère avant elle. Je suis sorcière. J'étais appréciée, car tout ce qui tue ou fait du mal a du prix à Namuzungo. Les guerriers étaient plus forts grâce à moi. Et puis un jour, mes frères Lubas ont pris peur, car j'étais devenue trop habile dans mon art. Ils ont craint pour eux-mêmes. Ils m'ont chassée de la ville, à jamais. Voilà comment on récompense ceux qui réussissent, chez moi. Longtemps j'ai rêvé de rendre le mal que j'avais subi, de le rendre dix fois plus grand. Mais je suis vieille maintenant, et il n'y a plus assez de force en moi pour faire beaucoup de mal. J'ai entendu depuis hier soir le grondement des tambours dans la ville. Je sais qu'il se passe quelque chose. Et je sais que depuis longtemps, chaque année, une belle jeune fille est offerte dans les cavernes du palais, pour le prix de notre richesse et de notre puissance. Notre roi Abimbi doit se nourrir d'elles. Tout le monde le sait.

Je t'ai bien regardée. Tu n'es pas habillée comme le sont les filles des Lubas. Tu es très belle. Personne ne vient jamais par ici. Et ces tambours grondent comme jamais ils ne l'ont fait. Alors je pense que par un miracle qui n'est encore jamais arrivé, tu t'es échappée. Tu ne dis rien… mais je lis dans tes yeux, jeune fille. Tout ce que je dis est vrai.

- Oui, c'est vrai, répondit sombrement la petite princesse.

- Alors, tu es perdue. Les Lubas vont te rechercher. Tu ne leur échapperas pas. N'imagine pas que tu le puisses. Crois la vieille sorcière Nakanda. Tu ne leur échapperas pas. Ils sont forts, habiles et nombreux. Notre roi Abimbi est puissant. Jamais il n'a laissé partir une de ses proies, jamais. Je te regarde : tu as l'air bonne, tu as la simplicité et la naïveté de ceux qui ne connaissent pas le mal. Tu n'imagines pas combien l'orgueil d'un homme puissant peut être blessé quand sa proie se rebelle, ne fait pas sa volonté et se dérobe à sa convoitise. Abimbi voulait te dévorer. Maintenant, il le voudra encore mille fois plus. Par convoitise et par haine. Tu es perdue petite fille.

- Mais ne pouvez-vous pas m'aider ? Me cacher ?

- J'attends depuis trop longtemps. Mon cœur est mauvais, je n'ai seulement plus de force pour faire le mal. Je suis la vieille sorcière Nakanda. Je veux seulement mourir dans un lit, près des miens, près des Lubas. Je ne veux pas mourir seule. Je vais marcher vers Namuzungo. Je dirai que je t'ai vue. Je serai récompensée pour cela. Tu ne réponds rien. Je vois que tu es bonne. Tu ne me feras aucun mal. Je connais les faibles comme toi. Tu es incapable de me faire du mal, à moi, la vieille Nakanda. N'est-ce pas ?

Niagalé ne répondait rien. Mais des larmes se mirent à couler sur ses joues.

– Et peut-être que tu espères m'attendrir avec tes larmes ? Tu n'es rien pour moi. Je ne veux plus être seule. Tu n'es rien pour moi.

La petite fille se leva lentement.

– C'est ça, fuis. Les personnes comme toi ont toujours de l'espérance. Mais je connais le cœur des Lubas. Il est noir comme le mien. Je connais ce monde. J'ai contribué à le façonner. Fuis, si cela peut nourrir encore tes illusions. Fuis. Que tes larmes deviennent des larmes de désespoir. Fuis mais n'attends rien. Il n'y a rien à attendre dans ce monde pour la bonté, la douceur et la beauté que tu portes en toi, pour ton malheur. Il n'y a rien à attendre en ce monde. Et il n'y a pas d'autre monde.

Et sur ces mots Nakanda se retourna, et marcha lentement vers la capitale des Lubas. Elle avait raison en tout point. Niagalé ne lui voulait aucun mal. Elle n'avait vu qu'une vieille femme malheureuse, et enfermée dans sa propre nuit. Que pourrait-elle faire pour empêcher Nakanda d'aller à Namuzungo ? Rien, sinon user de la force, et elle ne voulait pas. Rien de bon, jamais ne surgissait de la force.

« Mais la vieille sorcière a tort, se dit-elle. Lokolaka m'a aidée. La reine Ndabaniwe m'a aidée. La rivière m'a aidée. Je ne suis pas seule. Il y a de l'espoir. La vieille sorcière a tort. Je ne laisserai pas sa nuit glacer mon cœur. » Elle prit la direction opposée à Nakanda et se mit à marcher fermement. Elle vivrait.

Wa Alassa

Niagalé allait droit vers l'est. Le soleil était encore assez bas, on était aux premières heures du jour. Tout autour d'elle s'étendait une vaste plaine, parsemée de petits arbres qui faisaient comme une forêt très clairsemée. Le pays était totalement désert, sans habitations, et peuplé de rares animaux. On était encore proche de la capitale des Lubas, et rares étaient ceux qui osaient s'approcher du centre de l'empire qui imposait sa force à tous les peuples voisins. Les Lubas eux-mêmes ne cultivaient plus la terre depuis longtemps, mais ils vivaient du travail de leurs esclaves, qui peinaient dans les grandes plantations, au sud de la ville, sur les berges fertiles de l'Uzungo. Toute la force des Lubas était réservée pour la guerre, toute leur industrie pour la violence et leur propre confort. Aussi le pays était-il depuis longtemps vide et morne, inexploité et délaissé, parcouru seulement de quelques routes, dépouillé parfois de quelques arbres assez grands pour servir aux constructions somptueuses.

En se retournant, Niagalé pouvait encore distinguer la ville au loin, vers l'ouest, rouge et brillante, comme une menace. « Que peut-il s'y passer, se demandait-elle ? Nakanda arrivera-t-elle là-bas avant la nuit ? Et Abimbi prendra-t-il seulement la peine de l'écouter ? » Une inquiétude montait en son cœur. Les paroles de la vieille sorcière avaient sonné juste, en partie au moins. Oui, elle se rendait compte maintenant que sa fuite était un affront immense pour le roi Serpent, et que sa colère et sa haine devaient être terribles. Et Namuzungo, au loin, se mit à luire sous le soleil qui montait, plus rouge encore, comme enflammée par la rage de son seigneur. Elle se détourna de la ville en frissonnant et se remit à fuir dans la plaine, tout droit.

Les oiseaux étaient rares. La chaleur plus écrasante ; le paysage triste et morne : peu de grands arbres, encore moins de fleurs, des buissons et des arbustes à perte de vue. Elle marchait depuis plusieurs heures maintenant, elle avait faim et soif, elle commençait à être fatiguée. Un oiseau multicolore passa devant elle, lançant un chant étrange qui lui fit lever la tête. Alors, au loin, vers la droite, elle aperçut la cime d'un arbre, plus haut que les autres. Elle réfléchit un instant : ne valait-il pas mieux continuer son chemin tout droit, le plus rapidement possible ? Mais au pied de cet arbre, elle trouverait certainement un peu de fraîcheur...

Elle détourna sa route, et fit un détour pour le rejoindre. Il était plus éloigné qu'elle ne l'avait cru, et elle perdit un bon moment dans les ronces, pour essayer de l'atteindre.

Finalement, au bout d'une longue marche, très fatigante, elle parvint au bel arbre. C'était un manguier, étonnamment grand. Il était élancé, plein de feuilles brillantes, de fruits odorants. Quelle heureuse surprise en ce triste pays. Le vent dansait dans ses branches, faisant entendre comme une douce mélodie. Niagalé fut enchantée. Elle s'approcha, réjouie par le doux parfum. Elle tendit la main vers une branche, ployant sous le poids des fruits, et elle en cueillit trois. « Un pour maintenant, se dit-elle, un pour ce soir, et un pour demain matin. Il ne faut pas me charger inutilement ». L'arbre était étrangement beau, et son ombre fraîche. Elle s'assit contre le tronc pour manger le fruit, qui la désaltéra et la détendit profondément. Elle se sentait soudain pleine de force et de sagesse, toute prête à déjouer les pièges qui pourraient lui être tendus. Elle ne craignait rien. Elle était forte et courageuse. Elle marchait vite, et bientôt, elle se relèverait pour se mettre à courir, toute pleine des forces que lui avait données ce fruit. Peut-être faudrait-il partir tout de suite? Ses paupières étaient lourdes, soudain. Et puis elle avait encore faim. Elle mangea lentement un autre fruit. Ses idées devenaient plus confuses. Elle était forte. Elle était fatiguée. Il fallait dormir. Quelque chose en elle se mit en alerte, soudain. Mais il était trop tard. Une douce quiétude l'envahissait, une paisible assurance. Elle se sentait aimée, attendue. On la traitait comme une reine. Elle était environnée de luxe et de tendresse. On venait la chercher, on s'occupait de tout, elle n'avait plus qu'à se laisser faire. Des rêves, comme des mains, détachaient toutes ses défenses pour entrer dans son cœur. Elle s'abandonna au sommeil...

Niagalé se réveilla en hurlant. Sa jambe était très douloureuse, quelqu'un l'avait mordue. Soudain elle se redressa, effrayée. La nuit était presque tombée. Devant elle se tenait une énorme tortue, plus grande qu'elle, qui la regardait de ses grands yeux... Niagalé la fixa un instant: le regard de la tortue était étrangement animé, ses yeux brillaient.

– Qui... qui êtes-vous, demanda la jeune fille? est-ce vous qui m'avez mordue?

La tortue ne répondit rien pendant un bon moment. Puis elle remua légèrement la tête.

– Heureusement que je t'ai mordue. Tu serais restée prisonnière des charmes de cet arbre maléfique.

La tortue parlait très lentement, et très distinctement. Sa voix était douce et ferme.

– Alors, cet arbre m'a attirée et endormie ?

– Oui, bien sûr. Il est là pour prendre au piège. Regarde-le, belle petite fille, et dis-moi, à qui te fait-il penser ?

Niagalé regarda l'arbre un instant. Mais elle avait déjà compris. Le parfum, la beauté, le sommeil... Les charmes de cet arbre l'avaient piégée. C'était une créature d'Abimbi. La petite fille frissonna.

– Tu ne dis rien. Je pense que tu sais bien. Abimbi a perverti de nombreux animaux, et même des plantes. Il cache le poison sous des masques brillants. Tu le connais, et pourtant tu es encore tombée dans son filet. Car ses pièges sont habiles, et le cœur des hommes est aisément séduit.

– Qui êtes-vous ?

La tortue regarda Niagalé un long moment, en silence. Elle était totalement immobile. Puis elle sourit.

– Je suis Wa Alassa.

– Vous, vous ne succombez pas aux charmes des pièges d'Abimbi ?

– Je suis d'ici et d'ailleurs, j'ai toujours vécu dans cette région, et je viens de très loin. Je connais toutes les nouveautés d'Abimbi. Non, je ne succombe pas à ses charmes.

– Et pourquoi êtes-vous venue me réveiller ? Niagalé se frottait encore la jambe, toujours douloureuse.

– Parce que je veux t'aider. Je sais bien qui tu es.

– Vous me connaissez ?

– Je t'ai vue arriver, comme j'en ai vu tant d'autres. J'ai compris depuis longtemps ce qui se trame dans les souterrains de Namuzungo. Je n'aime pas le mal qui s'y répète depuis trop longtemps. Je suis patiente, et j'attends celle qui sera assez forte pour délivrer le pays de ce mal qui le souille. Je t'ai vu arriver, il y a quelques jours. Tu ne t'en souviens pas, je m'en doute bien. Moi je m'en souviens. L'eau m'a dit que tu avais échappé au roi Serpent, que tu étais maîtresse de la pierre bleue. Je savais qu'un moment ou un autre, tes pas te mèneraient ici. Le manguier surveille toute cette région, et tous les pas convergent vers lui. Alors je suis venue. Tu es celle que j'attends.

Tandis qu'elle parlait, un souffle de tempête passa dans le ciel, loin vers l'ouest, on entendit le fracas du tonnerre. Au-dessus de ce qu'on devinait être Namuzungo, des éclairs se mirent à briller et à se succéder à une cadence effrayante. Niagalé frissonna. La vieille Nakanda avait dû faire parvenir sa nouvelle, en une journée à peine. Abimbi savait vers où elle s'échappait, et sa colère se manifestait. La peur se mit à glacer ses entrailles. Il fallait s'en aller, vite, très vite.

– Vous allez m'aider à fuir ?

La tortue ne répondit rien, à nouveau, pendant un long moment. Puis elle sourit.

– Oui et non, chère Niagalé. Je suis Wa Alassa. Je viens de très loin et j'habite ici depuis toujours.

L'impatience de Niagalé commençait à monter, avec sa colère et sa terreur. Elle ne voulait pas mourir. Et voilà que la tortue lui partageait ses mots énigmatiques, en prenant tout son temps.

– Allez-vous m'aider à fuir, Madame la tortue ? Dites-moi, vite, sinon je m'enfuis.

– Tu ne pourras pas échapper aux guerriers Lubas. Ils joueront avec toi, t'épuiseront pendant quelques jours de poursuite, et te rattraperont.

– Alors nous allons fuir ensemble ?

Wa Alassa regarda la petite fille, et sourit encore. Son visage de tortue s'illumina de façon étonnante, plein de grâce et de faiblesse.

– Regarde-moi bien, Niagalé. Crois-tu que je puisse aller plus vite que des hommes ? Non, nous n'allons pas fuir. Nous allons partir à leur rencontre, si tu es assez courageuse pour aller avec moi. Car je suis d'ici et d'ailleurs. Je ne puis aller plus vite qu'un homme. Mais je puis aller beaucoup plus lentement qu'un homme ou que le roi Serpent.

– Et alors nous pourrons nous échapper ?

Tu ne pourras pas échapper à ton sort, jeune fille, petite princesse. Tu as trop profondément blessé l'orgueil du roi Serpent pour qu'il puisse te laisser t'enfuir. Tu as trop profondément éveillé sa convoitise pour qu'il t'oublie. Il te trouvera et te détruira, où que tu te caches. Ou alors…

– Ou alors ?

– Ou alors c'est toi qui le tueras.

Niagalé resta silencieuse un petit moment. Le tonnerre grondait, la tempête au loin déversait sa fureur. Qui était-elle pour défier une telle puissance ? Elle s'était échappée par miracle, mais un miracle ne se reproduit pas deux fois.

– Je ne pourrai même pas supporter de revoir cette bête odieuse ou de sentir son parfum empoisonné. Elle frissonna. Le seul fait d'y penser me fait défaillir. Comment pouvez-vous m'imaginer un instant tuer ce monstre ?

Wa Alassa se tut à nouveau un long moment. Elle fixait la jeune fille, sans ciller.

– Me fais-tu confiance ?

Niagalé ne répondait rien.

– Tu es celle que j'attends depuis longtemps, très longtemps, Niagalé. Il te faudra beaucoup de courage. Beaucoup de sagesse aussi. De la chance, encore. Je pense que tu as les trois. Peut-être que tu mourras dans cette entreprise. Mais tu mourras certainement si tu n'essaies pas de me suivre. Fais-moi confiance Niagalé.

Les paroles de Wa Alassa étaient simples et claires. Pour ce dont elle pouvait juger, Niagalé comprenait bien que la tortue avait raison. La colère d'Abimbi grondait, au loin. Nakanda l'avait déjà dénoncée. Et puis ses souvenirs revenaient, peu à peu. Sans trop savoir comment, elle connaissait la sinistre réputation des Lubas, leur force, leur ruse et leur cruauté. Elle était seule dans un pays inconnu, ils étaient chez eux. Wa Alassa disait vrai, elle le réalisait maintenant : il était vain d'espérer leur échapper. Elle redressa la tête, et regarda la tortue dans les yeux, fermement.

– Je viendrai avec vous.

– Alors il te faut prendre à manger. Le voyage sera long.

– Où allons-nous ?

– Droit vers Namuzungo.

Et comme les yeux de la jeune fille s'emplissaient de terreur, la tortue dit encore :

– Fais-moi confiance. Viens, je vais te déterrer quelques racines. Jette ce fruit, il te plongerait à nouveau dans le sommeil et l'illusion.

Wa Alassa s'éloigna du grand manguier, et Niagalé la suivit. Au bout de quelque temps, elle s'arrêta, fouilla le sol de ses pattes et de sa grande tête. La nuit était tout à fait tombée maintenant.

– Voilà prends, dit la tortue.

Elle avait trouvé une dizaine de petites racines, d'apparence peu attirante.

– Elles auront un goût amer. Mais elles te maintiendront bien rassasiée. Monte sur mon dos, maintenant, nous partons.

Niagalé serra les racines dans sa robe, et monta sur l'énorme carapace de la tortue. Quand elle fut bien assise, Wa Alassa se mit en route, lentement mais avec une étonnante fermeté. Pas un buisson ne lui résistait. Elle allait tout droit, droit vers Namuzungo. Niagalé prit une racine, et la porta à sa bouche. Le goût était horrible, et la consistance assez pénible, très filandreuse. Elle gémit.

– Ah, tu as essayé de manger une racine de niokho ? Va jusqu'au bout mon enfant, même si tu trouves cela répugnant. Elle te désaltérera et te donnera de la force.

Niagalé fit un effort violent, et mâcha jusqu'au bout la racine de niokho. Il lui fallut un bon moment. Mais il en fut tout comme lui avait dit Wa Alassa. Sans trop savoir comment, elle se trouva pleine de force et de détermination, prête à affronter sa destinée avec courage, et bien détendue.

– Les fruits que j'ai mangés tout à l'heure, n'étaient-ils pas un des ingrédients du Kaava, dont j'ai été droguée dans le palais ?

– Si Niagalé. C'est là un des pièges d'Abimbi. Le poison de la mollesse et de la douceur. Il endort ses proies par des rêves de tendresse, par des rêves royaux. Depuis des siècles, des jeunes filles comme toi se font dévorer croyant s'abandonner aux bras aimants du prince qu'elles attendaient depuis si longtemps.

– Et le Kaava ne trouble-t-il pas la mémoire ?

– Si, il fait tout oublier. J'imagine que tu ne sais même plus qui tu es, ni d'où tu viens. C'est ainsi que procède Abimbi. Il devient tout pour ses proies. Elles n'ont rien d'autre au monde que lui. Son plaisir est qu'elles se jettent elles-mêmes dans sa gueule, qu'il n'ait pas même besoin de leur exprimer ses désirs.

– Il me reste quelques souvenirs, pourtant, dit la jeune fille.

– Alors c'est sans doute cela aussi qui t'a maintenue en vie.

– Oui, je crois. Car il y a une mission importante que je dois remplir. Je ne sais pas de quoi il s'agit exactement. Mais dans ces odieux souterrains, je savais qu'il fallait que je me batte, pas seulement pour moi. Il faut que je fasse quelque chose, quelque chose qui a un lien avec de l'eau et mon pays. Et je sais que je suis Sérère. C'est tout ce qu'il me reste de moi-même.

– Veux-tu que je te raconte, chère Niagalé ?

– Comment ? Vous savez qui je suis et d'où je viens ?

– Chère Niagalé. J'ai parcouru ces contrées bien avant que ne viennent les hommes. Je suis la vieille Wa Alassa, qui est d'ici et d'ailleurs. Je connais chacun des villages de ces terres depuis qu'ils existent. J'ai vu arriver les Twas, il y a longtemps, très longtemps. Puis j'ai vu arriver les Peuls et leurs troupeaux, puis les Sérères, beaucoup plus tard. Puis j'ai vu arriver les Chilubas, les grands hommes, ancêtres des Lubas. Et puis j'ai vu arriver les Grands Vers qui montaient du sud, et j'ai connu leurs luttes contre la reine Ndabaniwe et son peuple. J'ai connu la captivité d'Abimbi et ses traîtrises. J'ai connu comment il corrompit le cœur des Chilubas, en se faisant passer pour un dieu parmi eux, comment il en fit une race dégénérée par la haine et la lâcheté, telle que tu la connais aujourd'hui. J'ai connu leurs pillages et le prix annuel de leur prospérité, leur empire qui s'étend depuis bien des siècles. La terre, la pluie, les arbres et les oiseaux m'apprennent tout en son temps. J'ai vu naître ce pays. Je connais. Alors oui, je te connais

– Quel âge avez-vous ?

– Je suis d'ici et d'ailleurs, chère Niagalé. Mon âge ne se compte pas en années que tu pourrais imaginer.

– Alors dites-moi, qui suis-je ?

– Tu es une petite fille d'un petit village d'une petite tribu. Tu habites à quelques jours de marche au pas des hommes, vers l'est. Ton peuple est celui des Sérères, un peuple simple, de cultivateurs. Vous êtes arrivés dans ce pays en venant de loin, bien plus à l'est, et bien plus au nord, là où la terre est sèche. Tes ancêtres étaient une poignée. Ils ont fondé un petit village. Ton peuple a prospéré, un temps qui te semblerait incroyablement long, mais qui n'est rien pour moi. Les Sérères se sont multipliés, ils ont fondé beaucoup de villages, et cultivé la terre jusqu'ici. Ils étaient en paix avec les Chilubas. Et puis les Grands Vers sont arrivés, ils ont lutté contre le peuple de l'ombre et sa reine, mon amie Ndabaniwe que tu connais déjà.

– Comment le savez-vous, l'interrompit Niagalé ?

– Je suis Wa Alassa. J'ai appris le langage du cœur, et je puis parler à chaque être dont le cœur n'est pas mort. Les termites m'ont parlé du retour de leur reine. Ils m'ont parlé de toi.

– Reprenez l'histoire des Sérères, s'il vous plaît...

– Ton peuple a peu d'histoire. Il a vécu dans le labeur et dans la paix. Mais Abimbi a fait des Lubas l'instrument de sa haine pour tout ce qui existe. Alors les tiens ont été repoussés, loin, loin vers l'est. Vous n'êtes pas de taille à lutter contre les guerriers Lubas. Beaucoup des jeunes filles sérères ont été dévorées par le roi Serpent. Car vous êtes belles. Maintenant il n'y a plus que quelques villages des tiens, cachés, pauvres, là où la terre est sèche. Les Lubas ne vous font plus la guerre. Mais régulièrement, ils viennent prendre une des jeunes filles de ce qui reste des Sérères, pour l'apporter à leur roi, et être assurés d'une année supplémentaire de paix et de prospérité. Tu viens d'un village très pauvre et très caché, Niagalé. Les tiens ont tenu secrète leur résidence pendant bien des années, au prix d'une grande pauvreté. Ils ne sortent jamais des limites du village et de ses cultures. Ils ne visitent plus d'autres villages depuis longtemps, et ils ont été oubliés. La terre est sèche, là-bas, la pluie est rare. Toute la survie de ta famille tient au seul puits du village. Un jour, ses eaux ont été empoisonnées. C'était là l'effet de la malice du roi Serpent. Il était maître de l'eau et sa haine corrompt les sources et les eaux cachées sous terre, de plus en plus loin. Le puits ne pouvait plus abreuver les tiens, et tout ton village est condamné à dépérir ou à aller vivre ailleurs. Mais se déplacer signifie renoncer au secret, et les tiens ne veulent pas sacrifier leurs filles. Toi Niagalé, tu étais la plus belle du village. La plus courageuse aussi. Tu as décidé de partir seule à la recherche d'un moyen de secourir les tiens, pour purifier l'eau de votre puits. Tu as marché dans la brousse qui vous cache. Les oiseaux m'ont prévenue. Tu as été capturée par les Lubas au bout de quelques jours à peine. Ils ont aussi leurs espions, ces êtres dont le cœur est mort et que je ne puis comprendre, et ils étaient prévenus qu'une jeune fille d'une très grande beauté errait seule dans la brousse. Ils n'ont eu aucune peine à te trouver. Ils t'ont droguée au Kaava, comme ils le font à chaque fois. Ils t'ont préparé au mariage obscur. Tu allais finir comme toutes les autres. Mais j'ai envoyé Lokolaka, un de mes amis. Je savais que ton cœur était plus fort que celui des autres, et j'espérais que tu pourrais encore te réveiller. C'est ce qui est arrivé. Le reste était entre tes mains. Maintenant tu as trouvé la pierre de l'eau, et Abimbi ne peut plus infecter les sources et les puits.

À mesure que la vieille tortue lui racontait sa propre histoire, les souvenirs de Niagalé lui revenaient, comme si les nuages de pluie étaient dispersés par un fort vent d'est. Le soleil brillait à nouveau dans sa mémoire, tout lui revenait. La vie pauvre et simple du village, le puits empoisonné, les malades qui se mouraient, la peur de sa mère à l'idée que sa fille puisse quitter la sécurité de leur retraite, son départ dans la nuit, son errance de quelques jours, la terreur des poursuites quand les guerriers des Lubas l'avaient prise en chasse, le kaava. Et toutes les séductions de ses quelques jours à Kaala Ndormeï, le grand palais de Namuzungo. Elle se sentait honteuse... comment avait-elle pu se laisser tromper ainsi ? Tandis que Niagalé se perdait dans ses pensées, Wa Alassa avançait toujours, de son pas lent et sûr, gardant le silence un bon moment. Puis elle reprit :

– Tu te souviens maintenant ?

– Oui, mais je suis triste. Comment se fait-il que je n'aie pas su résister ? Comment ai-je accepté de boire cette boisson qui m'a rendue inconsciente ? Comment ai-je pu croire un instant que ce monstre voulait être mon mari ? J'aurais dû être plus forte.

– Tu es bien courageuse, Niagalé, répondit la tortue. Ton cœur est fort, et tu es sage. Mais tu n'es qu'une petite fille, et cette histoire dans laquelle tu as été emmenée te dépasse largement. Tu as rencontré des hommes bien plus forts que toi. Tu as approché Abimbi qui est bien plus intelligent que toi. Seule la bonté t'a permis de vivre. Tu es là parce que je t'ai secourue, parce que Lokolaka t'a secourue, et parce que tu as bien voulu aider Ndabaniwe, et lui montrer de la pitié. La bonté ne t'a pas épargné les épreuves, mais elle t'a permis de les traverser. Il est encore trop tôt pour tenter de retourner chez les tiens. Il te faudra tuer toi-même le roi Abimbi, autrement tu seras rattrapée et tuée, et tout continuera comme depuis trop longtemps.

Mais la petite fille n'écoutait déjà plus. Il faisait nuit depuis bien des heures. Les racines de niokho l'avaient profondément apaisée. Wa Alassa avançait toujours, bien régulièrement. Sa carapace était parfaitement stable, et Niagalé s'y sentait en sécurité. Elle ne disait plus rien ; elle s'était endormie.

Ici et ailleurs

Le soleil était déjà haut dans le ciel quand Niagalé se réveilla. Elle avait si bien dormi. La vieille tortue avançait toujours, et elle avait parcouru un chemin considérable. La ville était assez proche maintenant, on la voyait très distinctement. Une noire fumée s'en élevait, et de temps en temps, des grondements sourds se faisaient entendre. La peur reprit le cœur de la jeune fille, et elle regarda un moment en silence, avant de demander avec une voix étranglée :

– Êtes-vous bien certaine de ce que vous faites, Madame la tortue ?

– Que veux-tu dire, Niagalé ? lui répondit Wa Alassa.

– J'ai peur. Nous allons nous jeter tout droit dans les mains des Lubas. Jamais vous ne pourrez leur échapper.

Fais-moi confiance, chère Niagalé. Fais-moi confiance. Nous allons là où ni les Lubas ni Abimbi ne pourront jamais nous rejoindre. Mais maintenant il va falloir que tu sois forte et courageuse. Pour atteindre le but de notre voyage, nous devons rester en silence. Ne me pose plus aucune question, ou autrement, nous resterons ici et tu seras livrée au roi Serpent. Ne fais plus un bruit. Reste simplement sur mon dos, et fais-moi confiance. Allons, je dois t'aider, cela sera si difficile... : promets-moi que tu ne diras rien.

La tortue parlait avec bonté et fermeté, et Niagalé répondit sans crainte.

– Oui, je le promets.

Wa Alassa ne dit plus rien, et la jeune fille se tut à son tour. Elle avait promis, et pendant un moment, tout se tint paisible en elle. Mais bientôt, une sourde inquiétude monta, et mille questions se mirent à se bousculer dans son cœur. Où allaient-elles ? Et si Wa Alassa était en fait une servante du grand Serpent... après tout, ils étaient de la même famille des reptiles... que cachaient sa douceur et son aide ? Elle se raisonnait cependant, repensant à toute la ferme bonté que lui avait montrée la tortue. Wa Alassa n'avait rien des séductions aliénantes d'Abimbi. Puis les doutes reprenaient la jeune fille. Car justement, n'était-elle pas en train d'essayer de la séduire et d'endormir sa méfiance, avec tous ses mensonges : tu es celle que j'attends, tu es belle. Toutes ces flatteries sonnaient tellement creux maintenant. Elle se raisonnait encore, pensant à tous ses souvenirs qui étaient revenus quand la tortue lui rappelait comment elle avait quitté son village, et dans quel but. Oui, la tempête soufflait en elle, alors que Wa Alassa, d'un pas résolu, continuait d'avancer tout droit vers Namuzungo, bien proche maintenant.

Le pays était devenu plus désolé, presque désert, et il n'y avait plus d'arbres ou de buisson pour les cacher. On pouvait les voir de très loin maintenant, et sans difficulté. Loin vers le nord, de hauts arbres poussaient, probablement le long des berges de l'Uzungo. Plus loin encore vers le sud, on devinait déjà les immenses plantations d'où la grande capitale tirait une partie de ses richesses. Venant de la ville, le son lugubre des tambours de guerre se faisait entendre, et Niagalé sut qu'ils grondaient pour elle ; la chasse avait déjà été lancée. Que faire, que faire ? Peut-être qu'il était encore temps de sauter du haut de la carapace et de s'enfuir ? En rejoignant la rivière, elle pourrait se cacher un moment dans les arbres, et puis contourner la ville à la faveur de la nuit pour suivre à nouveau le cours d'eau qui obliquait vers l'est, vers son pays. Et Wa Alassa qui avançait toujours...

Que faire, que faire ? La jeune fille était presque résolue à tenter cette solution désespérée mais... trop tard. Elle entendit soudain des cris, quelque part vers sa droite : une troupe de chasseurs les avait repérées, et accourait avec des hurlements de victoire. Le cœur de la petite fille se glaça et sembla mourir en sa poitrine. Elle ne pourrait plus échapper. Il ne lui restait plus qu'à se résigner à son sort. Les Lubas s'approchaient rapidement, d'autant que la tortue ralentissait son pas. Elle semblait presque immobile maintenant, et on distinguait nettement les guerriers, les peintures rouges qu'elle reconnaissait bien maintenant, les filets et les liens qu'elle avait déjà vus. Ils étaient à quelques mètres ; Wa Alassa continuait d'avancer, toujours plus lentement. Ils étaient là. Pourtant, leurs cris sauvages paraissaient moins forts ; et ils disparaissaient dans un brouillard étrange. Les soldats les dépassèrent, et leurs cris de victoire se muèrent en cris de rage ; ils ne trouvaient plus leur proie. La tortue avançait toujours, si lentement, si lentement, et Niagalé n'avait pas bougé, pétrifiée par la peur. Mais maintenant ce n'était plus la peur des Lubas qui l'immobilisait, mais l'angoisse de l'inconnu. Que se passait-il ? Un grand vent se levait, fort et régulier, comme chargé de sable, et les guerriers disparurent tout simplement. Au loin, les grondements de tambour cessèrent, et la ville semblait décroître. De grands arbres surgissaient du sol, et bientôt, la ville ne fut plus qu'un souvenir. Les arbres eux-mêmes disparurent, laissant la place à d'autres, que

Niagalé n'avait jamais aperçus. Puis d'autres, plus petits. Puis un grand désert. Le vent soufflait toujours, toujours, et Wa Alassa continuait son pas étrange, ferme et résolu mais si lent qu'elle n'avançait tout simplement pas. Cela dura longtemps. Et puis soudain le vent tomba. Il n'y avait plus rien autour d'eux. Toute menace avait disparu. La tortue s'arrêta tout à fait.

- Nous y voilà Niagalé, tu peux parler maintenant.

- Où... où sommes-nous ?

- Là où je t'ai dit que nous allions : ici et ailleurs. Nous avons remonté les siècles, chère Niagalé. Tu es là où s'élèvera Namuzungo, dans très longtemps.

Ils étaient au milieu d'une grande plaine de sable, parsemée de quelques pierres. Le ciel était bleu, sans aucun nuage, mais le soleil était étrangement doux et frais. Le sol était légèrement humide, et semblait tout vibrant, tout vivant. Niagalé regarda autour d'elle, avec méfiance d'abord. Mais elle se détendit bientôt tout à fait, et se mit à inspirer profondément : il y avait dans l'air comme un parfum indéfinissable, qui semblait nourrir et désaltérer tout à la fois. Oui, elle se sentait comme aux racines du monde, aux racines de la vie. Elle se tourna vers Wa Alassa

- Venez-vous souvent ici ?

- Non Niagalé, car il me faut beaucoup de force quand je veux marcher assez lentement pour remonter le temps. Maintenant je suis fatiguée, très fatiguée, et il me faut dormir. Mais je me réveillerai pleine de force, ne t'en fais pas. Quant à toi, il te faut avancer maintenant, pour trouver ce qui te permettra de débarrasser le monde de la présence d'Abimbi.

– Mais comment vais-je trouver ? Que vais-je trouver ?

– Je n'en sais rien. Cela fait longtemps que je t'attends Niagalé. Je sais que seul un humain peut venir aux origines du monde et rencontrer celui qui nous aidera. Je cherchais la personne assez sage, assez bonne, assez simple et assez courageuse pour m'accompagner, et je t'ai enfin trouvée. Tu es presque tout cela. Maintenant c'est ton heure. Sois simple. Tout est difficile, mais tout est simple. Sois simple Niagalé. Maintenant, va. Va tout droit. Je dors et je t'attends.

Et sans ajouter un mot, la tortue rentra sa tête et ses pattes en sa carapace, et s'endormit aussitôt. Niagalé était seule. Il n'y avait pas un bruit. À droite, à gauche, devant, derrière, l'immense plaine de sable s'étendait, parsemée de quelques roches blanches, toutes identiques. Vers où devait-elle aller ? Qu'allait-elle trouver ? Que chercher ? La crainte commençait à grandir en son cœur, mais elle respira largement et se calma bientôt. Simple, il fallait être simple, avait dit la tortue. Elle devait marcher tout droit… Jusqu'à maintenant, ses conseils s'étaient avérés tellement sûrs et précieux.

Alors Niagalé se mit tout simplement à marcher droit devant elle. Elle marcha longuement, sans dévier de sa route. L'air était rafraîchissant, il emplissait ses poumons et dilatait sa poitrine. Elle ne se fatiguait pas, au contraire. Le sable humide semblait trembler sous ses pas, et lui communiquer une force étonnante. La jeune fille se sentait joyeuse, toute joyeuse, et pleine de confiance. Le vent se leva soudain, et la poussa avec délicatesse, vers sa droite ; alors elle se mit à marcher vers la droite, tout simplement. Maintenant il la poussait dans le dos : elle était dans la bonne direction, et se sentit attendue. Bientôt, elle se mit à courir, sans ressentir aucune fatigue. Quelques instants plus tard, elle ne courait plus, elle dansait. Niagalé ne voyait plus la tortue depuis longtemps. Le soleil était doux et caressant, le sol vibrait sous ses pieds, elle avait perdu toute notion de direction ou de temps. Mais elle était heureuse et dansait. Le sol vibrait de plus en plus fort, et il lui semblait même que les pierres blanches se mettaient à sauter. Le vent tournoyait avec elle maintenant, semblant l'encourager.

Soudain un arbre immense monta du sable, lentement. Ses feuilles dorées s'agitaient dans le vent et au rythme des pas de la jeune fille. Ses branches apparurent, longues et délicates, toutes argentées. L'arbre montait, montait encore, et Niagalé dansait. Elle était abritée sous la frondaison maintenant. Un tronc énorme apparut lentement, très haut, parfaitement droit. L'écorce très fine était argentée, comme les branches. Bientôt il devint possible de distinguer les racines, douze énormes racines, dessinant comme une immense étoile autour du tronc. Et puis finalement, l'arbre ne grandit plus, et alors Niagalé sut qu'elle pouvait cesser de danser. Maintenant le silence n'était plus si profond : le vent soufflait dans les feuilles, et faisait entendre un doux sifflement. La jeune fille tourna lentement autour de l'arbre, très lentement. Il était magnifique. Ses branches montaient et descendaient, comme si elles étaient vivantes. Bientôt d'étranges fruits se mirent à pousser sous les feuilles d'or : de grosses boules rouges, toutes brillantes. Et puis très progressivement, les traits d'un visage se révélèrent à la base du tronc. Un visage très âgé et très paisible. Les yeux et la bouche étaient clos, mais comme Niagalé regardait, les yeux du grand arbre s'éclairèrent soudain : il la voyait. La bouche s'ouvrit en un long, long, long bâillement, puis elle entendit sa voix, profonde, forte et douce tout à la fois.

– Ta danse m'a éveillé un peu avant mon temps. Dois-je te remercier ?

– C'est ma danse qui vous a éveillé ?

– Oui petite fille, tu danses très bien. J'étais encore à l'état de graine, je préparais mes fruits. Et puis quelque chose m'a appelé, alors j'ai été empli d'une grande ardeur et je suis venu. Je me suis mis à danser à ma manière. Je pensais que les hommes ne viendraient que dans très très longtemps. Que fais-tu ici ?

– Je suis venu pour chercher quelque chose ou quelqu'un. Je ne sais pas. Je crois que c'est vous. Comment vous appelez-vous ?

– Je m'appelle Mworoha. Et toi ?

– Je m'appelle Niagalé.

– Que veux-tu Niagalé ?

– Je viens de très loin. Plus tard, beaucoup plus tard. Je viens d'un monde où un grand serpent règne, tue, dévore et sème le mal partout autour de lui. J'ai rencontré une tortue qui s'appelle Wa Alassa. Elle m'a emmenée ici, et m'a dit que je rencontrerais quelqu'un qui m'aiderait. Pouvez-vous m'aider ?

– Un serpent qui tue et dévore, dis-tu… Mais… je ne sais pas encore ce qu'est un serpent Niagalé… Je ne sais pas ce qu'est une tortue… je ne sais pas très bien ce que veut dire tuer. C'est quelque part dans mes racines, mais pour l'instant je ne sais pas.

– Comment puis-je vous expliquer alors ?

Mworoha resta pensif un long moment. Pendant ce temps, des fruits continuaient de pousser sur ses branches. L'un d'eux tomba tout près des pieds de la petite fille, et rapidement, sa belle peau rouge se déchira. Un nuage en sortit, qui monta au ciel, et se mit à grandir en filant vers le sud. Mworoha chantonnait maintenant. Un second fruit tomba, se désagrégea et laissa place à une petite flaque d'eau qui se mit à bouillonner; bientôt une petite source jaillit dans le sable. Niagalé admirait cette jolie source, si claire, si chantante, si petite: elle réalisait parfaitement tout ce que la source pouvait évoquer dans son cœur de petite Sérère, toutes les attentes de fraîcheur et de douceur. La jeune fille sentait bien qu'elle avait devant elle la mère des sources. Elle releva la tête, et admira l'arbre immense. Chacun des fruits qui poussaient par centaines contenait ainsi un trésor qui allait se développer. Niagalé était aux racines du monde. Elle se sentit toute joyeuse et pleine de confiance. Il était bien certain que Mworoha allait l'aider. Les yeux de son visage d'arbre étaient fermés, mais il chantonnait. Il valait mieux attendre. Alors Niagalé se coucha tout simplement, et s'endormit.

Un bruit la réveilla. Mworoha secouait ses branches. Autour d'elle, déjà, le paysage commençait à changer. De petites taches de couleurs parsemaient les pierres, et çà et là, l'herbe poussait dans le sable. La source était devenue une petite rivière qui coulait et disparaissait dans le sable, un peu plus loin. Dans le ciel, de beaux petits nuages filaient au gré du vent.

Mworoha ne chantonnait plus. Ses yeux grands ouverts à nouveau fixaient Niagalé.

– Il faut que tu danses encore, lui dit-il.

– Pourquoi?

– J'ai besoin que tu me danses la raison pour laquelle tu es là. Je ne comprends pas bien ton langage Niagalé. Il parle de ce que j'ai dans mon cœur d'arbre et que je ne connais pas encore. Tout à l'heure ta beauté a fait jaillir de mon cœur le désir de pousser plus rapidement. Maintenant – il faut que tu fasses jaillir de mon cœur la réponse à ton désir, à ton attente. Tu peux le faire en dansant.

Niagalé réfléchit un instant. Puis elle s'assit, découragée.

– Je ne sais pas danser quand on me le demande, Mworoha. Je ne suis pas capable de le faire ainsi. Quand j'étais petite, je dansais sans savoir pourquoi. Mais je n'aimais pas danser si l'on m'y forçait, s'il fallait le faire. Tout à l'heure j'ai dansé parce que c'était le moment de danser, c'était une évidence dans mon cœur. Mais maintenant je sens qu'il le faut, que j'y suis obligée. Et alors je ne sais plus danser. Je ne pourrais pas vous expliquer pourquoi. Mais c'est tout simplement impossible.

– Alors je ne comprendrai pas ta demande.

– Et alors vous ne pourrez pas répondre. Je sais. Je peux me forcer, mais je suis sûre que cela ne marchera pas.

Niagalé fit quelques pas, gauches et empruntés. Ses bras s'agitaient, tout raides. Elle était si disgracieuse. Mworoha l'arrêta.

– Cesse Niagalé. Si tu continues je vais rentrer sous terre. Je crois que je comprends ce que tu dis. Seules tes danses peuvent rejoindre mon cœur d'arbre. Mais la grâce ne se commande pas. Ce n'est rien.

D'une de ses branches, il caressa la petite fille qui s'était assise tout en pleurs, honteuse.

– Ce n'est rien Niagalé. J'ai tout mon temps. Et tu as tout ton temps aussi. Laissons la vie faire son œuvre. Sèche tes larmes…

Comme il disait cela, un autre fruit tomba. Sa peau se fendilla, et une petite graine apparut, que le vent emporta au loin. La source coulait un peu plus fort maintenant, et Niagalé alla y boire. Qu'elle était fraîche ! Elle y plongea ses mains, s'essuya le visage. La peau lui brûla un instant, puis elle se sentit propre et nette, pleine de vie et d'allant. Elle alla s'asseoir sur un rocher ; il était maintenant couvert de lichens multicolores. Sous ses pieds nus, Niagalé sentait toujours le sable tout vibrant ; mais quelque chose de nouveau s'agitait et semblait la caresser… de l'herbe poussait, à cet endroit aussi. Dans le ciel, les nuages grandissaient, si blancs et si beaux, poussés par un fort vent d'Est, ils filaient à vive allure, changeant sans cesse de forme.

Un souvenir commençait à surgir dans le cœur de la petite princesse, un vague souvenir de son village, de son enfance. Il n'était pas très clair, il l'avait traversée un instant… Elle regarda autour d'elle, paisiblement. L'herbe continuait de s'étendre rapidement sur le sable, en jolies taches vertes. La source bouillonnait, et une petite rivière se frayait un chemin dans le sable, de plus en plus loin. Les branches de Mworoha croulaient maintenant sous les fruits, et beaucoup tombaient. Le vent emportait de mystérieux pollens, qu'ils libéraient en se désagrégeant. Niagalé assistait à la naissance du monde, n'était-ce pas merveilleux ? Elle leva de nouveau les yeux au ciel : les nuages s'amoncelaient maintenant, gris et épais. Il faisait chaud, de plus en plus chaud. Un orage se prépare, se dit-elle. Et le souvenir qui s'était enfui revint soudain, précisément.

L'orage… Oui, elle se souvenait de son enfance, des longs mois de sécheresse, quand l'air était brûlant et poussiéreux. Tout le village attendait la pluie qu'on pressentait des semaines. La chaleur et l'humidité montaient. Le ciel se chargeait lentement de nuages. Et puis, un beau jour, un fort coup de vent annonçait le premier orage de la saison des pluies. Alors, alors, Niagalé et ses amies, comme tous les enfants sortaient, surexcitées, toutes tremblantes d'émotion. Et quand le premier orage éclatait enfin, attendu depuis des mois, les petites filles du village dansaient, dansaient sous les lourdes gouttes de pluie. Oui, elle se souvenait de ses cris de joie et de tout son corps qui exultait dans l'eau du ciel. Et cette joie s'était rappelée à son souvenir, parce qu'un orage se préparait; le père de tous les orages, la première de toutes les tempêtes, la pluie forte et bienfaisante qui avait été attendue depuis la nuit des temps.

Niagalé était toute frémissante maintenant, emplie d'une énergie et d'une joie qu'elle ne pouvait pas contenir: c'était la joie de tous les hommes qui attendent la pluie qui l'agitait maintenant, le bonheur de toutes les petites filles qui les rend légères, gracieuses et fortes. Le ciel s'assombrissait très vite. Il faisait très chaud, et Niagalé transpirait à grosses gouttes, comme dans son village, à la veille des pluies. Soudain un éclair illumina tout l'horizon; on n'entendait que le vent, et puis le grondement immensément long du premier de tous les éclairs. La brise fraîchit soudain, de grosses gouttes de pluie tombèrent, d'énormes gouttes de pluie. Du sol montait tout le bonheur de la terre qui recevait sa toute première pluie, et le sable vibra plus fort sous les pieds de Niagalé. Elle n'attendait rien pour elle, mais elle frémissait de l'allégresse du monde, tout simplement. Et elle se mit à danser, tandis que l'orage grondait plus fort, que la pluie la trempait, que le vent soufflait. Dans son cœur et dans son pas remontaient toute l'attente et l'angoisse de sa famille dans les années de famine quand la pluie avait déçu, toute l'exultation et le soulagement des eaux abondantes qui promettaient qu'on allait pouvoir manger et faire manger ses enfants.

Niagalé était seule, elle était la première femme dans un monde enfant, elle était remplie de force et de joie, son cœur était aussi plein des peines et des terreurs qu'elle avait dû traverser, et elle dansa longtemps, fermant les yeux, pour dire le bonheur plus grand qu'elle, pour oublier toutes ses peurs. L'orage s'arrêta. Avait-il duré longtemps ? Nul ne pouvait le savoir, sinon Niagalé qui n'avait pensé à rien tout en dansant. Elle rouvrit les yeux tout en reprenant son souffle. Arbres et fleurs poussaient déjà : les graines que le vent avait disséminées s'étaient répandues et du sol détrempé, la vie jaillissait. D'une des plus hautes branches de Mworoha, un fruit tomba à terre et s'ouvrit instantanément ; un tout petit oiseau en sortit, qui fit quelques pas timides sur le sol, puis se mit à voleter et finit par se poser sur la main de Niagalé. Elle rit en le caressant ; il reprit son vol, tournant autour de la tête de la petite princesse et chantant le premier de tous les chants, un chant magnifique, empli de douceur, de force, de délicatesse, de légèreté.

Niagalé se remit à danser, tout heureuse. Et elle chanta avec l'oiseau. D'autres fruits tombèrent, d'autres oiseaux jaillirent et lui firent comme une couronne autour de la tête. Niagalé dansa, insouciante, et puis elle se souvint de Lokolaka, et sa danse devint plus grave et douloureuse, son chant, de victorieux qu'il était, devint triste et déchirant. Les fleurs et les arbres poussaient encore, les oiseaux nombreux maintenant s'étaient posés sur des branches alentour pour écouter la jeune fille qui tournait et chantait.

Au bout d'un long moment, elle se tut, regardant autour d'elle et reprenant ses esprits. Le paysage avait tellement changé : du sol, détrempé sous les pluies, de nouvelles plantes surgissaient encore. Les couleurs des fleurs et des plumes égayaient la plaine. Mais Niagalé n'y prêta pas vraiment attention. Elle avait dansé, librement, du plus profond de son cœur. Mworoha avait-il entendu quelque chose en sa danse et en ses chants ? Elle-même n'y avait rien compris. Les yeux du grand arbre étaient fermés, mais tout son feuillage frémissait. Un gros fruit tomba à terre : il n'était pas rouge, mais vert. Sa peau se fendilla et disparut, et dans l'herbe nouvelle, Niagalé vit luire une clef d'or...

– J'ai connu beaucoup de choses nouvelles, enfant.

Les oiseaux n'avaient pas repris leurs chants ; la voix profonde du premier des arbres résonna dans le silence.

– Écoute-moi. Écoute-moi bien. Ouvre grand ton cœur, car il faudra qu'il soit très grand ouvert pour ce qui vient. Ouvre ton intelligence, car il te faudra garder mes paroles pour les comprendre

Mworoha se tut et regarda Niagalé droit dans les yeux. La petite princesse soutint son regard et attendit, grave et toute disponible.

– Tu m'as beaucoup appris. J'ai vu la détresse du monde d'où tu viens, j'ai vu le mal qui le persécute. J'ai compris. J'ai compris un peu, suffisamment pour t'aider. Mais pour le reste, ce sera à toi de comprendre, car tu n'as pas encore tout saisi des secrets de ton pays. Prends la clef que je te donne, et retourne d'où tu viens. Tu retrouveras facilement ton chemin. Sois simple. Une fois rentrée en ton monde, tu iras dans la Vallée des trois lacs où tu donneras rendez-vous au roi Serpent. Il t'y retrouvera sans tarder. Là, avec cette clef, tu ouvriras la porte qui te permettra de vaincre définitivement cette bête malfaisante. C'est tout ce que je puis te dire. Il est inutile de me poser des questions, car je ne pourrai te parler plus précisément.

Il regardait toujours Niagalé droit dans les yeux.

– Tu as bien entendu Niagalé ?

– Oui, j'ai bien entendu. Je n'ai pas compris, mais j'ai bien entendu.

– Alors, cela suffit. Maintenant je suis fatigué. Je vais dormir un peu, et le monde attendra un moment avant que je reprenne mon travail. Je suis content de t'avoir rencontrée. Tu es belle, et il est bon de savoir que le monde qui naît avec moi sera ainsi couronné un jour. Adieu Niagalé.

– Le grand arbre ferma les yeux. Mais on entendait le vent dans les feuilles, la douce musique du ruisseau et le chant des oiseaux. Toute une vie paisible et puissante s'était éveillée, enveloppant la terre de sa bienveillance. Niagalé regarda et écouta longuement. Ce foisonnement lui donnait du courage. Les mêmes racines lui avaient donné cette clef et cette mission terrifiante. Il ne pouvait y avoir de tromperie. Les mots étranges de Mworoha l'amenaient vers la vie, d'une manière ou d'une autre. Elle les suivrait. Une première épreuve l'attendait… comment retrouver la vieille Wa Alassa ? Le paysage avait tellement changé, et toutes ses traces devaient s'être effacées dans l'herbe nouvelle. Mais, pensa Niagalé, Mworoha lui avait promis qu'elle retrouverait facilement son chemin. En étant simple. Alors il fallait être simple. N'était-ce pas aussi ce que lui avait recommandé la tortue ? Et elle avait trouvé le grand arbre. Une fois encore, elle allait être simple. Alors, sans plus réfléchir, la jeune fille avança droit devant elle.

Vers la Vallée des Trois Lacs

Elle marcha longtemps, très longtemps. Les oiseaux chantaient dans des arbres naissants, dont certains étaient couverts de fleurs. La lumière était parfois éclatante, dans le ciel bleu ; parfois plus douce, quand passaient des nuages, les premiers nuages du monde enfant. Ils filaient dans le vent, et offraient de temps en temps une pluie soudaine, fraîche et bienfaisante, pleine d'une vitalité inconnue. Alors les arbres grandissaient à vue d'œil, l'herbe poussait soudainement et se chargeait de fleurs nouvelles. Une gazelle jaillit soudain et courut gracieusement ; la première de toutes. Elle regarda Niagalé un instant, approchant de son visage et touchant son front. Puis elle s'en fut en bondissant.

Quand la pluie arrosait la jeune fille, une ardeur irrépressible la saisissait, et elle se mettait à danser à nouveau, comme en une célébration de toutes ces promesses de vie qui tombaient du ciel. Et puis elle reprenait son chemin. Tout était beau, plein d'un enthousiasme juvénile et pendant bien des heures, Niagalé ne pensa à rien, tout abandonnée à la joie du monde en sa naissance.

Et puis la lumière pâlit, les oiseaux se turent. Elle se sentit seule, soudain, et les doutes l'assaillirent de nouveau. Elle avait bien croisé une puis deux puis des dizaines de gracieuses gazelles qui étaient comme des amies. Un peu comme des amies, mais pas de vraies amies... Bien sûr, elle avait la clef, serrée dans sa ceinture ; les bonnes paroles de Mworoha ; les bonnes paroles de Wa Alassa. Mais il n'y avait personne, personne à qui parler, personne sur qui elle pouvait compter. Elle aurait tant aimé être prise dans les bras, être déchargée de cette quête impossible. Des petites voix sifflantes montaient depuis un coin sombre de son cœur : « Tout le monde t'a abandonnée ; tu es seule, seule dans ce monde sans hommes. Tu mourras seule ici, et cela vaut mieux, sans doute. Voudrais-tu vraiment affronter le roi Serpent ? Que pourrais-tu contre lui ? ». La nuit était tombée, il n'y avait que le bruit du vent, un sentiment de panique la saisit. Elle eut envie de crier, de courir, d'appeler au secours. Où était Wa Alassa ? Comment allait-elle rentrer chez elle ? Mille questions tournaient de plus en plus rapidement dans son esprit. Et puis elle respira fort, lentement, et se contint. Mworoha lui avait dit d'être simple. Eh bien elle serait simple : la nuit n'était pas faite pour penser, la nuit était faite pour dormir. Devant elle, la forme d'une grosse pierre ronde l'invita. Elle y appuya son dos, ferma les yeux. Où pouvait bien être la tortue ? Elle s'efforça de ne plus tourner et retourner la question et s'endormit bien vite.

Elle faillit tomber... la pierre s'était dérobée derrière elle, c'était le matin. Et elle entendit la douce voix de la vieille Wa Alassa : « Parfait Niagalé, tu m'as trouvée, maintenant tu vas me raconter ce que tu as fait ici, et puis nous allons repartir. » Niagalé se retourna et comprit : ce qu'elle avait pris pour une grosse pierre ronde était en fait la carapace de la tortue. Elle avait dormi contre elle. Elle se jeta au cou de la vieille sage et l'étreignit longuement.

- C'est bien Niagalé, finit-elle par murmurer. C'est bien. Moi aussi je suis heureuse de te retrouver. Maintenant raconte-moi tout ce qui s'est passé.

Niagalé s'assit, et lui conta longuement la rencontre avec Mworoha, le jaillissement des fruits, chacune des paroles qu'il avait prononcées, ses danses. Wa Alassa hochait la tête sans rien dire. Enfin, la jeune fille finit par rapporter les ultimes paroles du premier des arbres.

- Il m'a dit de me rendre à la Vallée des trois lacs, et d'y défier Abimbi. La clef m'ouvrira la porte qui me permettra de le vaincre pour toujours. Comprends-tu ce que cela signifie ? Connais-tu la porte dont il parle ?

Wa Alassa ne répondit rien, fixant longuement ses yeux sur la jeune fille. Niagalé commençait à la connaître, et se dit que certainement, elle serait éclairée d'ici peu. En effet la tortue parla enfin.

- Je ne comprends pas ce dont veut parler Mworoha. Je connais la Vallée des Trois Lacs. Elle est secrète et préservée de la violence et de la grossièreté des Lubas. Mais si le vieil arbre t'a demandé d'y appeler Abimbi, nous le ferons. Je ne connais pas de porte là-bas. J'y suis pourtant restée bien longtemps autrefois. Il y a certainement quelque chose qui m'échappe. Mais nous irons ensemble, Niagalé. Et nous comprendrons certainement pendant le voyage. Il nous faudrait six jours pour rejoindre la vallée. Maintenant, monte sur mon dos, et allons.

Niagalé sauta sur le dos de la tortue, et se mit debout. Elle regarda tout autour d'elle, le monde en train de naître qu'elle pouvait encore admirer quelques instants. Fleurs, arbres déjà vigoureux, antilopes gambadant dans l'herbe haute, rivières, oiseaux, un petit troupeau de gnous et même, déjà, un barrissement au loin... tout respirait une vie débordante, harmonieuse, amicale, paisible. Alors que Wa Alassa commençait à marcher de son pas si lent, une averse vint arroser les deux voyageuses et dessiner un immense arc dans le ciel. Et Niagalé se demanda comment les serpents, les épines et la violence des hommes allaient pouvoir venir en ce monde merveilleux qui un jour deviendrait le sien. Mais Wa Alassa ralentit encore ; les troupeaux gracieux disparurent lentement dans la brume, les fleurs perdirent leurs couleurs et le chant des oiseaux devint lointain, lointain. Le vent chargé de sable se remit à souffler, et mille formes vagues passèrent devant ses yeux, comme auparavant. Le voyage au travers des siècles ne l'effrayait plus maintenant, et elle se coucha sur la grande carapace en rêvant à son village, en songeant aussi à ce qui allait venir. Wa Alassa avait certainement raison, elles comprendraient le moment venu le chemin que Mworoha leur proposait de suivre pour vaincre le roi Serpent. La vie était plus ancienne que lui ; il ne pouvait que tordre ou détruire ce qui était déjà... La vie qu'elle avait pu contempler dans sa première jeunesse était plus forte que lui. Et elle, Niagalé, ferait tout son possible maintenant pour ne plus avoir peur. Elle en avait pourtant mille raisons ; et elle était bien certaine qu'elle en aurait encore mille raisons. Mais la vie était plus jeune et plus ancienne que tous les Abimbis et les serviteurs de la mort, elle avait commencé bien avant. Et elle continuerait bien après. Choisir la vie n'était pas seulement le bon choix, se dit la petite fille. C'était aussi le choix le plus assuré. Ses pensées allaient et venaient, sans grande précision... n'était-elle pas jeune encore, presque une enfant dont la fraîcheur n'avait pas été détruite par les épreuves ?

Mais une calme et profonde résolution montait dans son cœur. Elle se redressa ; le grand vent des siècles faiblissait déjà. Puis tout redevint net, et les deux compagnes se retrouvèrent au milieu des buissons rabougris qui entouraient Namuzungo. La ville était toute proche, comme lorsqu'elles avaient échappé aux guerriers. Elles étaient de retour au lieu même où leurs poursuivants les avaient perdues ; et bien sûr, ils étaient là. Leurs cris de rage éclatèrent soudain aux oreilles de la jeune fille, déjà ils fondaient sur elle, s'apprêtant à saisir leur proie tant convoitée. Mais à quelques mètres à peine, ils s'arrêtèrent net. Pleine d'une paisible assurance qu'elle n'avait jamais éprouvée auparavant, Niagalé s'était redressée. Elle n'avait pas changé ; simplement elle était devenue plus intensément belle, plus intensément bonne, plus intensément Niagalé. Elle leur apparut soudain dans toute sa beauté, oui, mais aussi terrible comme une armée en bataille. Ses yeux brillaient d'une lumière qu'ils n'avaient jamais vue auparavant, la mère de toutes les lumières du monde : elle était la première, la seule humaine à avoir visité le fond des âges, à avoir vécu sur la terre quand le mal n'avait pas encore obscurci la vie ; tout son être en était maintenant marqué comme d'un sceau. Les noires pensées des serviteurs d'Abimbi ne pouvaient comprendre cette clarté, leurs cœurs à moitié morts dans leur poitrine étaient incapables d'en supporter la bonté. Ils tombèrent à la renverse, aveuglés, gémissants, terrifiés. Niagalé en fut à peine étonnée ; elle avait un message à délivrer, elle se savait investie d'une grande mission. Alors d'une voix haute et claire, elle s'adressa à eux :

– Retournez chez votre maître, sans tarder. Vous lui direz que Niagalé l'attend dans sept jours en la Vallée des Trois Lacs. Il viendra m'y retrouver, s'il n'est pas trop lâche pour affronter une pauvre jeune fille.

Les soldats restèrent à terre. La plupart se bouchaient les oreilles, tant cette voix leur était insupportable, certains que leur dernière heure était venue, que cette reine resplendissante allait les réduire en poussière. Ils n'avaient jamais connu que cette force qui s'exprime en domination et destruction, et ainsi leur paraissait la jeune fille : plus forte qu'eux et donc prête à les tuer. Mais le plus jeune des guerriers pouvait encore supporter d'entendre la sagesse et la simplicité de la princesse des origines. Le mal n'avait pas encore totalement aveuglé son esprit ; les paroles qu'il avait reçues n'étaient nullement une menace ; il y avait simplement une mission à exécuter. Il s'était retourné, osant lever les yeux vers Niagalé. Elle s'en aperçut.

– As-tu compris, lui demanda-t-elle ?

– Oui, princesse, j'ai compris.

– Iras-tu promptement prévenir Abimbi ?

– J'irai. Mais nous mourrons tous si nous délivrons ce message.

– Je ne crois pas. Tu délivreras ton message à de plus importants que toi. Abimbi voudra leur demander tout ce que vous savez : d'où je viens, comment ai-je pu vous échapper et le peu que son cœur obscur est capable de comprendre. Ensuite il sera enfermé dans ses doutes, un moment au moins. Tu auras du temps pour t'enfuir pour quitter sa présence.

– Et que répondrai-je aux questions qu'on me posera ?

– Ce que tu veux. Délivre seulement ton message. Et s'il reste un peu de ton cœur qui n'est pas pourri par le mal, quitte Namuzungo au plus vite, pour toujours. Maintenant, va.

Elle se rassit sur le dos de la tortue qui pressa le pas, s'éloignant avec une étonnante vitesse. Bientôt les guerriers purent se relever, et la petite troupe tituba vers la sombre capitale, guidée par le plus jeune d'entre eux. Une heure à peine avait passé quand un sourd grondement se fit entendre et quelques flammes s'agitèrent au-dessus de la ville.

- Ton message a été transmis Niagalé, lui dit Wa Alassa qui était restée silencieuse jusqu'alors.

- Oui Wa Alassa. Et je pense que le roi Serpent refusera de répondre à mon défi avant d'y être contraint. Ce serait une humiliation pour lui. Il va nous renvoyer des guerriers.

- Tu vois juste Niagalé. Mais il ne pourra rien contre toi tant que vous ne vous affronterez pas dans la Vallée des Trois Lacs. Il y a maintenant un chemin que vous devez prendre tous les deux, et nous verrons à quoi il mène.

- C'est vrai, nous verrons à quoi il mène.

Niagalé resta pensive. Après un moment de silence, Wa Alassa reprit :

- Oui Niagalé, il y a un chemin pour toi, un chemin pour le roi Serpent. Nul ne sait jusqu'où il ira. Lui sera contraint de le suivre. Pour toi, du moins, que ce soit volontairement, et jusqu'au bout. Si tu le peux.

Et elles allaient toutes deux ensemble, silencieuses, vers la Vallée des Trois Lacs. Wa Alassa marchait vers le septentrion, d'un pas ferme et décidé. Il n'y avait rien à dire et personne ne parla. Niagalé oscillait entre les moments de calme et d'assurance, et les bouffées d'inquiétudes et d'angoisse. Elle devait alors faire bien attention de rester ici et maintenant, de ne pas partir dans les méandres des mille questions ou des mille histoires à venir qui bouillonnaient en elle. Plusieurs fois, elle sauta depuis la carapace et se mit à marcher à côté de la vieille tortue. La fatigue l'apaisait rapidement, et elle pouvait remonter sur le dos de son amie. Vers le milieu du jour, Wa Alassa déterra quelques racines de niokho que Niagalé descendit chercher. Elle en mangea une et garda les autres dans sa robe. Les misérables petits buissons qui entouraient la capitale du roi Serpent avaient fait place à une brousse clairsemée. Les deux amies avançaient paisiblement quand, vers le milieu de l'après-midi, on entendit soudain des cris, assez loin derrière. Niagalé était très calme, et Wa Alassa continua son chemin, imperturbablement.

– Abimbi a envoyé une troupe plus nombreuse à ta poursuite, dit-elle simplement.

La piste était très facile à suivre, et les hurlements des Lubas se rapprochaient. On entendait maintenant le bruit de leurs sagaies frappant les boucliers et le martèlement de leurs pas.

– Retourne-toi, Wa Alassa, s'il te plaît, dit Niagalé.

Elle était assise sur le dos de la grande tortue comme une reine sur son trône, et c'est bien ainsi que la virent les guerriers quand ils surgirent soudain des hautes herbes. Les uns après les autres, ils tombèrent à la renverse et se mirent, eux aussi, à ramper en gémissant, plus terrifiés encore que leurs prédécesseurs : Abimbi avait envoyé des hommes plus méchants que les premiers, mais la douce clarté qui marquait le visage de Niagalé leur était plus douloureuse et plus incompréhensible encore. Et puis Niagalé parla, et ils se mirent à hurler. Elle lança son défi à Abimbi, mais la plupart ne l'entendirent même pas. Sans plus leur prêter attention, la vieille tortue se retourna, emportant la princesse des âges, la petite

Niagalé qui parfois encore devait lutter contre ses doutes et ses inquiétudes et que sa faiblesse gardait toute simple. Longtemps après leur départ, les guerriers purent se relever, mais la plupart étaient aveugles et c'est une troupe misérable que retrouvèrent d'autres Lubas, s'empressant de rapporter ces étranges évènements et ce défi à leur roi.

Quelques jours se passèrent ainsi ; par trois fois encore, des guerriers tentèrent d'arrêter Niagalé. Et par trois fois encore, son visage et le son de sa voix les défirent en un instant. La tortue ne prenait aucune peine pour cacher leur piste, au contraire. À mesure qu'elles avançaient ensemble, le paysage changeait. Les arbres, toujours assez clairsemés, étaient très hauts désormais ; la terre devenait plus rouge, plus riche aussi. Leur route croisait assez souvent celles d'animaux maintenant. Et puis surtout, les grandes plaines qui entouraient Namuzungo laissèrent progressivement place à des collines, de plus en plus hautes, de plus en plus escarpées. Wa Alassa avait continué de filer droit vers le nord, sans paraître prêter la moindre attention au relief. Elle avançait, imperturbable et infatigable, de son pas ferme et sûr. Niagalé avait passé d'assez bonnes nuits sur son dos ; car la tortue ne s'arrêtait pas. Mais elle était tout de même bien fatiguée. Le voyage était long. Et puis, elle avait vécu tant d'aventures et de rencontres en si peu de temps... parfois elle sentait l'épuisement la gagner, et le désir de dormir des jours et des nuits. Et même le désir d'oublier...

Au bout de trois jours, elles découvrirent dans le fond d'une vallée une rivière telle que Niagalé n'en avait jamais vu : ses eaux étaient claires et fraîches, coulant abondamment et chantant dans les pierres. Mais elle semblait se perdre dans la verdure, en amont, tandis qu'en aval, elle se jetait comme dans une grande coupe de pierre qui semblait n'aboutir nulle part.

– Voici la rivière Rusiza, dit Wa Alassa. Nous allons nous arrêter un instant ici. Tu peux te baigner dans ses eaux, elles sont pures et elles te rendront toute ta vigueur.

– Oui Wa Alassa, j'en ai bien besoin, je suis lasse de toutes ces aventures. J'ai tant vécu en si peu de temps, et il arrive que ce défi pèse lourd, lourd sur mes épaules.

– Je comprends Niagalé. Tu es revenue de ta visite au monde en sa jeunesse avec une force immense, mais tu restes une jeune fille d'un petit village. Je sens que tu es très ferme et très faible, tout en même temps. C'est bien ainsi. Va te baigner. Mais ne descends pas vers cette vasque. L'eau de la Rusiza s'y perd depuis le règne du Grand Serpent en cette région. Auparavant la rivière se jetait dans l'Uzungo. Maintenant je ne sais où elle coule... mais les eaux refusent de se mélanger au fleuve souillé du royaume d'Abimbi. Maintenant, va.

Niagalé se dévêtit, et plongea dans la rivière. Elle lui parut presque glacée dans les premiers instants, mais ensuite son corps se détendit, et elle s'y trouva merveilleusement bien. Elle y resta un long moment, le dos appuyé contre les galets qui tapissaient le fond, regardant les nuages, bercé par le clapotis des eaux qui coulaient doucement. Au bout d'un long temps, elle ressortit.

– Tu peux manger des fruits qui sont le long de la rivière, et dans tout le pays maintenant, lui dit Wa Alassa. Le pouvoir d'Abimbi n'atteint pas ces lieux, et il n'a pas empoisonné les arbres comme il l'avait fait autour de Namuzungo. Ensuite tu pourras te reposer un bon moment. J'irai me baigner pendant ce temps, puis nous repartirons. Il reste encore deux jours de marche, environ, avant de trouver la Vallée des Trois Lacs.

Niagalé regarda autour d'elle. Les arbres aux feuilles brillantes, presque jaunes, portaient des fruits qu'elle ne connaissait pas, ronds et verts. Elle en cueillit un : il était lourd et luisant, mais sans une apparence très attirante. Sa peau était assez dure. L'ouvrant en deux, elle découvrit une chair très rouge, tirant sur le violet, délicieusement parfumée. Elle en porta un morceau à sa bouche : son goût n'avait rien d'extraordinaire dans un premier temps, une saveur légèrement sucrée au palais. Mais ensuite, il remplit les entrailles de la jeune fille de douceur et de force. Elle mangea tout le fruit, puis un deuxième. Cela suffisait.

– Comment s'appellent ces fruits ? demanda-t-elle.

– Des arkassos, répondit la tortue. Le nom en a été oublié depuis bien longtemps dans ce pays. Les arbres poussaient dans toute la région auparavant. Maintenant ils ont disparu, sauf ceux qui poussent le long de la Rusiza. Abimbi passera forcément par-là, quand il se résoudra à relever ton défi. Ce qu'il adviendra d'eux et des eaux de la rivière, je ne sais, ajouta-t-elle pensivement.

Niagalé ne répondit rien. Une vague d'inquiétude se souleva en son cœur, et un joug se remit à peser sur ses épaules. Que pourrait-elle faire, seule contre cette bête malfaisante. Et puis elle regarda les eaux de la rivière, écouta leur chant, et elle s'apaisa. Tout avait été si difficile… et pourtant, elle avait pu échapper au roi Serpent, à ses soldats, elle avait pu contempler le monde en sa jeunesse, et la clef qu'elle avait remise en sa ceinture était bien réelle. Elle semblait même chaude maintenant…

Quelque chose allait se passer, elle le savait. Abimbi n'aurait pas le dernier mot.

Les nuages passèrent ; elle se sentit soudain bien fatiguée, comme lorsqu'elle avait travaillé plusieurs semaines dans les champs de son village, et qu'enfin il était temps de se reposer dans la paix. Elle se coucha dans l'ombre fraîche d'un petit arkassier, et s'endormit aussitôt. Wa Alassa la regarda sans rien dire, un bon moment. Et puis elle sourit et se plongea dans les eaux de la Rusiza.

Une très légère morsure à la cheville réveilla la petite princesse des âges, qui se redressa aussitôt.

– Tu as bien dormi Niagalé, maintenant il est temps de repartir. Prends quelques arkassos avec toi et allons. Nous ne nous arrêterons plus avant d'avoir atteint les limites de la vallée.

La jeune fille tendit la main pour cueillir cinq fruits, qu'elle emballa dans un pli de sa robe. Et puis elle sauta sur le dos de la tortue qui s'avança droit dans le lit de la rivière. Les eaux en étaient profondes, mais quelque chose d'étrange arriva. Dans un murmure paisible, les galets parurent se rassembler au milieu du lit de la Rusiza, formant comme un chemin de pierre. Les pieds de la tortue enfonçaient un peu dans l'eau, mais elle pouvait marcher sans peine. À mesure qu'elles avançaient, les pierres reprenaient leur place originelle. « Nous sommes guidées et attendues, se dit Niagalé. Et pourtant, si je passe, Abimbi passera lui aussi et souillera tout sur son passage, sans doute. »

La rivière les guida tout de suite dans l'ombre fraîche d'une forêt extrêmement dense, à la végétation touffue, surabondante, merveilleusement diversifiée. Rien n'y était oppressant ou sombre. Les arbres semblaient amicaux et protecteurs, ils les cachaient de leurs troncs énormes et vénérables, de leurs feuilles brillantes. La forêt était totalement impénétrable, mais le lit de la Rusiza ondulait doucement sous les frondaisons, et elles le suivirent ainsi pendant plusieurs heures. De temps en temps, on entendait les pas d'animaux sur les feuilles, et même de lointains rugissements. Niagalé avait toujours appris qu'il fallait craindre le lion. Un jour, un jeune homme de son village s'était fait tuer par un de ces grands fauves. Pourtant il y avait quelque chose qu'elle distingua tout de suite en ces rugissements. Ils semblaient souhaiter la bienvenue. Et effectivement, les deux amies furent comme escortées invisiblement par quelques grands fauves qui ne se montrèrent pas ce jour-là, mais saluaient régulièrement leur présence. Niagalé se coucha, confiante, sur le dos de la tortue.

– Tu ferais bien de t'enrouler dans tes tuniques, Niagalé, lui dit simplement la vieille Wa Alassa.

Niagalé fut un peu étonnée, elle n'avait jamais fait ainsi la nuit, mais elle était trop fatiguée pour poser des questions, et elle fit simplement comme la tortue lui avait conseillé, puis s'endormit aussitôt. Quand elle se réveilla, les arbres étaient plus clairsemés, plus grands aussi ; et le chant de la rivière se faisait léger et vigoureux. Elle mangea un arkasso, et se pencha pour boire au torrent. Que cette eau était fraîche et pure… La rivière montait maintenant tout droit sur une pente douce, parsemée d'arbres étranges, comme de grandes fougères. Les deux amies n'étaient plus cachées dans l'ombre de la forêt maintenant, mais le soleil du matin était frais. Et même, Niagalé frissonna un instant… elles avaient dû prendre de l'altitude, car l'air était plus froid. Elle qui était une petite fille de la plaine goûtait avec étonnement aux frissons du matin, à l'air revigorant de la montagne. Devant elle en effet, se dressait un massif imposant, tout découpé par des falaises et des rochers. Les cimes étaient lointaines, si lointaines. Et les plus hautes d'entre elles étaient couronnées de blanc, ce qui étonna beaucoup la jeune fille.

– Nous faudra-t-il passer par-dessus ces montagnes? demanda-t-elle.

– Non Niagalé. C'est impossible pour nous. Elles sont trop hautes, leurs versants sont trop abrupts. Mais nous traverserons cette nuit. Et demain, si tout va bien, nous serons en la Vallée des Trois Lacs.

« Comment traverserons-nous? » la jeune fille écarquillait les yeux, scrutant les pentes d'où coulait la Rusiza. Mais elle ne distinguait rien que des arbres immenses et épars, des rochers, et de vertigineuses falaises qui semblaient leur barrer la route, bien plus haut.

– Nous pouvons maintenant marcher le long de la Rusiza, dit Wa Alassa. Nous entrerons à nouveau dans la rivière le moment venu.

Elle fit quelques pas pour rejoindre la berge. La rivière était beaucoup moins profonde maintenant, et les eaux bouillonnaient sur les rochers. Toujours vers l'amont, Wa Alassa suivit la rive droite, s'écartant parfois pour contourner une des grandes fougères. Soudain, Niagalé vit jaillir un oryx, aux cornes délicatement torsadées. Il s'arrêta un instant devant eux, les regardant fixement, puis poursuivit sa course. Bientôt, ce furent plusieurs zèbres qu'elles croisèrent, en train de brouter. La région devait abriter une profusion d'animaux; durant les heures du matin, elles en croisèrent des dizaines, dont beaucoup allaient s'abreuver aux eaux du torrent. Niagalé aperçut même une famille de gorilles, sur la rive gauche de la Rusiza. L'air se réchauffait dans le soleil.

Vers midi, la princesse des âges entendit soudain un rugissement, quelque part devant au-dessus d'elle. Un lion. Son antique terreur des fauves la reprit un instant. Le chemin de la vieille tortue montait tout droit vers les fourrés où semblait se tenir le lion. Mais Niagalé se contint. Elle était attendue ici. Elle devait rester attentive à sa mission, et ne pas s'en laisser détourner par des peurs qui n'avaient plus lieu d'être. Le calme profond qu'elle pouvait rejoindre si facilement depuis quelques jours l'accueillit de nouveau dans ses bras. Wa Alassa se rapprochait des fourrés. Dans un craquement de branchages, un lion énorme sortit du buisson, et attendit que se rapproche encore la vieille tortue. Il regardait la petite princesse droit dans les yeux. Quand elle fut toute proche, il étendit les pattes de devant, et inclina la tête, comme prosterné. Wa Alassa passa près de lui sans se détourner de son chemin. Mais Niagalé voulait lui dire un mot.

– Bonjour lion. Comment t'appelles-tu ?

– Bonjour princesse des âges, répondit le lion. Je suis Umugabo, le roi des lions du pays de Musongati.

– Comment me connais-tu ?

– Ta réputation te précède, princesse. Les miens attendent depuis bien longtemps celui qui pourra délivrer le pays bas des perversités du roi Serpent. Les oiseaux t'ont vue. Certains savent d'où tu es venue. Ils disent que l'heure est arrivée. De ton courage dépend beaucoup princesse. J'ai dit à mes sujets de veiller sur toi pendant ton voyage. Mais nous ne pouvons faire bien plus.

– C'est déjà beaucoup, dit gracieusement la jeune fille.

– Ton courage a déjà été immense, princesse. Et tu es digne d'une grande mission. Devant toi je m'incline avec joie.

– Alors nous continuons, Umugabo. Merci d'avoir protégé notre route.

– Tu seras en sécurité à Musongati jusqu'à ce qu'Abimbi y parvienne. Ensuite je ne pourrai plus rien pour toi, belle princesse. Bonne route.

– Adieu Umugabo.

– Adieu belle princesse.

La tortue l'avait déjà dépassé, mais Umugabo resta prosterné un bon moment après leur passage. Puis, se relevant, il poussa un énorme rugissement, et dans son cœur, Niagalé reçut comme une fougue et une ardeur nouvelles. Elle se dressa, debout, sur la carapace, et tourna ses regards sur tout le pays de Musongati. Vers le nord, droit devant eux, les montagnes, infranchissables. À l'est et à l'ouest, les pentes boisées du pays de Musongati, verdoyantes, grouillantes de gazelles et de mille animaux, bruissantes d'oiseaux de toutes les couleurs. Vers le sud, on distinguait d'abord la forêt où se perdait la Rusiza ; puis les collines où elles avaient si longuement cheminé ; et enfin très loin, très loin, les mornes plaines au milieu desquelles se cachait, quelque part, Namuzungo. Seule une fumée noire permettait d'en deviner l'emplacement. Niagalé respira à fond, puis elle durcit son cœur. Abimbi était ennemi de tout ce qui était beau et bon ; il faudrait se battre contre lui, peut-être jusqu'à la mort. Eh bien, elle le ferait ; et quoi qu'il arrive, il ne vaincrait pas, elle en était certaine.

Imperturbable, Wa Alassa continuait de monter le long du torrent. Elle filait avec une vitesse étonnante, et Niagalé n'aurait pu la suivre, si elle avait essayé de marcher à ses côtés. Déjà le plein midi avait passé, et les ombres s'allongeaient. Elles montaient encore et encore, s'approchant toujours plus d'une immense falaise qui leur barrait le passage. Le soir tombait déjà, elles étaient maintenant au pied de la barrière rocheuse. De près, elle paraissait encore plus grande, faite d'une pierre très lisse et très blanche. La lumière du soir s'y reflétait avec force, et il était difficile à la jeune fille de la fixer. Mais ce que Niagalé n'avait pu voir auparavant se dévoilait maintenant : la Rusiza passait à travers une gorge très étroite, taillée dans la roche. Ses parois étaient immensément hautes, laissant passer une faible lumière.

– Maintenant, c'est la dernière étape avant de trouver la Vallée des Trois Lacs, dit la vieille tortue. Nous allons marcher à nouveau dans la rivière. Mais nous attendrons la nuit pour passer.

– Pourquoi nous faut-il attendre ? Ne pouvons-nous pas finir tout de suite notre voyage ? demanda Niagalé. Je suis fatiguée, et j'aimerais arriver enfin à cette vallée.

– Je comprends, petite princesse, lui répondit paisiblement la tortue. Je pense que tu n'es pas seulement fatiguée... tu désires en finir, enfin, avec toute cette aventure.

– Oui, tu as raison Wa Alassa. Depuis quelques jours déjà, la tâche qu'il nous faudra accomplir me pèse, et je voudrais que tout soit fini le plus vite possible. Je voudrais rentrer chez moi.

– Nous verrons si tu peux rentrer chez toi Niagalé. Nous verrons. Quant à cette lutte à venir contre le roi Serpent, je suis bien désolée de te contredire, mais il ne s'agit pas de notre tâche, de notre mission. C'est à toi, et à toi seulement que Mworoha a confié la clef. C'est toi et toi seule qui lutteras contre Abimbi. C'est toi et toi seule qui pourras le vaincre, peut-être. Je t'aiderai de mon mieux, je te le promets, mais je sens bien que mon rôle est bientôt fini. Je pense que je ne pourrai plus rien pour toi quand viendra l'heure.

- Alors hâtons-nous, que je puisse me préparer. Il ne nous restera plus que deux jours pour trouver la porte et l'ouvrir avec la clef.

- Oui Niagalé. Mais il nous faut attendre encore un peu. Regarde...

Le soleil rougissait à l'horizon, il était près de se coucher. Soudain ses rayons frappèrent de face les parois rocheuses, et entrèrent tout droit dans la faille de la Rusiza. Alors tout à coup le sombre couloir s'illumina et sembla prendre feu. La lumière dorée se reflétait mille fois sur l'étrange pierre blanche. Et elle paraissait gagner en intensité si bien qu'en quelques instants, la gorge scintilla et parut s'enflammer, comme si le soleil lui-même s'y était logé. Niagalé détourna bien vite les yeux, aveuglée.

- Tu vois petite princesse. Il y a trop de lumière maintenant, et nous brûlerions immédiatement si nous entrions dans le lit de la rivière. La nuit tombée, il sera temps.

Les deux amies se tournèrent vers l'ouest, et contemplèrent le soleil qui se cachait lentement. Bientôt ses derniers feux disparurent, et le ciel pâlit.

- Voici la nuit, dit simplement Wa Alassa.

Sans un mot, Niagalé monta sur le dos de la tortue, qui s'avança dans la Rusiza. Comme auparavant, les eaux s'écartèrent, et elle put marcher à sec, sur les pierres. La gorge était totalement obscure maintenant, et Niagalé ne pouvait même pas distinguer ses mains. Mais elle entendait le chant paisible de la rivière, et le crissement des pas de Wa Alassa sur les cailloux. Elle ne pouvait pas dormir, trop occupée par ce qui allait venir pour elle. Elles marchaient depuis longtemps, quand la vieille tortue se mit à fredonner.

Le chemin est long, et il est étroit
Il va, il vient, là où tu ne sais pas
Le chemin est ici, oui, devant toi
Quand tu seras perdu, tu trouveras
Le chemin est court, et il va tout droit
Pourtant personne n'y a mis ses pas.
Le chemin t'attend, oui il t'attend, toi
Donne tout, enfin tu le recevras

Elle reprenait ce couplet depuis un long moment quand Niagalé l'interrompit.

– Quelle est cette chanson, Wa Alassa ?

– Oh, c'est une vieille rengaine que je chantais dans ma jeunesse. Cela fait bien des siècles que je ne l'avais pas reprise... Mais ce soir, avec toi sur mon dos, et aux portes de la Vallée des Trois Lacs, je suis heureuse et elle me revient. Tu sais, je pense que nous arrivons au bout du chemin, toi et moi. Depuis que je t'ai rencontrée je me sens vieille. Pas triste ou fatiguée, mais vieille. De grands évènements se préparent, et le monde ne sera plus comme nous l'avons connu. Est-ce une bonne chose ? Nous verrons. Ou peut-être que nous ne verrons pas.

– J'ai peur Wa Alassa. Comment pourrais-je vaincre Abimbi ? Les guerriers Lubas avaient peur de moi, mais lui, lui, ne me craindra pas. Comment le pourrait-il ? Je ne suis qu'une proie comme les autres pour lui. Un peu meilleure peut-être. Que va-t-il se passer ? Nous sommes au seuil de quelque chose que nous ne voyons pas ; nous ne savons pas ce qu'il y aura de l'autre côté. J'ai peur Wa Alassa.

– C'est vrai ma petite princesse, nous ne savons pas. Mais il ne nous appartient pas de connaître à l'avance ; en revanche il nous appartient d'avancer. Je t'attendais et nous nous sommes trouvées. J'avais une mission et maintenant je t'aide à accomplir la tienne. Nous savons ce qu'il faut chercher, et nous savons que tu affronteras le roi Serpent. C'est bien assez, n'est-ce pas ? Le chemin est court, Niagalé, il va tout droit. Tiens, regarde, nous arrivons.

Devant elles, en effet, un point de lumière était apparu, et grandissait à chaque pas. En quelques instants, elles étaient déjà parvenues au bout de la gorge. Elles étaient dans la Vallée des Trois Lacs.

Mutobaruko

La clarté du jour éblouit Niagalé ; et puis ses yeux s'accoutumèrent à nouveau à la lumière et elle vit. La vallée était en réalité un énorme cirque rocheux : des montagnes aux sommets acérés formaient comme une grande ellipse. Leurs pentes abruptes s'adoucissaient soudain en côteaux accueillants, couverts de forêts émaillées de prairies plus vertes que tout ce que Niagalé avait vu auparavant. Un troupeau de gracieuses gazelles paissait sur la rive droite de la Rusiza ; elles levèrent un instant la tête, curieuses, puis sans paraître le moins du monde inquiétées, se remirent à brouter. De nombreux oiseaux chantaient paisiblement, et le vent du matin était chargé de parfums délicats. La gorge de la Rusiza semblait bien être le seul accès possible, car les murailles de pierre étaient parfaitement infranchissables. Cependant, aucun sentiment d'enfermement ou de menace ne vint à Niagalé ; au contraire, elle se sentait en sécurité, protégée dans un refuge que nul ne pouvait atteindre. La rivière était devenue un ruisseau, clair et vif. Il coulait joyeusement entre de beaux rochers de couleur rose, tels que la jeune fille jamais n'en avait vus. La vallée était orientée d'est en ouest, et le soleil l'inondait déjà de lumière. Droit devant elles, vers l'extrémité ouest, un grand éperon rocheux était planté au milieu d'une petite plaine et semblait dominer les alentours ; Wa Alassa s'y rendit immédiatement. Avec une agilité étonnante, elle gravit les belles pierres roses qui s'amoncelaient pour former comme une tour naturelle, et en quelques instants les deux amies se tinrent sur une petite plate-forme, où poussaient quelques arbustes au feuillage rouge feu.

– Regarde Niagalé, dit simplement la vieille tortue...

De là-haut, elles pouvaient voir toute la vallée. L'impression de calme et de paix était encore plus forte que depuis l'entrée de la gorge. Partout des arbres chargés de fruits, de petites plaines émaillées de mille-fleurs, de paisibles troupeaux, des oiseaux enchanteurs. Les montagnes s'ouvraient en un grand ovale vert que le soleil inondait maintenant de lumière. Une profusion de chants et de parfums se donnait en une secrète harmonie qui semblait dire que tout était à sa place. Et Niagalé repensa aux splendides jardins de Kaala Ndormeï où tout était bien organisé et disposé avec soin. Mais ici, dans la douce vallée, nulle impression de contrainte ou de violence. L'intention discrète qui avait tout choisi était douce et prévenante pour chaque feuille, pour le plus petit des oiseaux. Oui, tout est jardin ici, pensa Niagalé. Mais le plus frappant était la beauté des trois lacs. Le ruisseau semblait surgir du rocher, à l'extrémité est de la vallée. Il se jetait successivement dans trois cuves creusées dans la pierre rose, parfaitement circulaires, et séparées à chaque fois de quelques centaines de mètres. La Rusiza bouillonnait en mille cascades tout au long de son parcours entre les trois lacs. Le premier, à l'extrémité est de la vallée, semblait tout petit; quelques dizaines de pas devaient sans doute suffire pour en faire le tour. Il scintillait sous le soleil en un bleu profond tel que Niagalé n'en avait jamais vu. Le second, déjà beaucoup plus étendu, avait mille teintes de vert en chacune de ses innombrables vaguelettes : du plus clair au plus sombre, tirant vers le jaune, vers le bleu, vers le gris parfois. Et le troisième, de loin le plus grand des trois, s'étendait du côté ouest de la vallée, presque aux pieds de Niagalé. Dans ses eaux rouge feu et parfaitement calmes, les montagnes et les nuages se reflétaient mieux qu'en un miroir. Niagalé demeura longtemps sans rien dire, absorbée dans la contemplation de la Vallée des Trois Lacs qui s'étendait à ses pieds, dans sa mystérieuse splendeur. Puis enfin, Wa Alassa parla :

– Nous irons sans doute auprès de chacun des trois lacs, Niagalé. Le plus petit s'appelle Kaneza. C'est le lac du saphir, le lac du passé. Celui que tu vois au milieu est le lac du présent, le lac des émeraudes : il est connu sous le nom de Mwijiza. Et le dernier est le lac des rubis, le lac de l'avenir. On l'appelle Ngolaza. Le prince de la Vallée te conduira certainement près du premier, au moins.

– Le prince de la Vallée ? Des hommes habitent donc ici ?

– Oui Niagalé, tourne ton regard dans cette direction.

Et Wa Alassa lui indiqua, non loin du lac Mwijiza, quelques fumées qui montaient. Et puis d'autres, plus loin, au-delà du lac Kaneza, tout au fond de la vallée.

– Ici vit la tribu perdue des Mwaji-Bambaras, les derniers des Bambaras. Ils sont cachés depuis longtemps, très longtemps. Une sage lignée les gouverne, d'où sont issus de nombreux hommes remarquables, des princes qui ont brillé par leur prudence et leur modestie. J'ai connu l'un d'entre eux la dernière fois que je suis passée en la Vallée des Trois Lacs. Beaucoup de vies humaines ont passé depuis. Mais tout indique que les Mwaji-Bambaras sont encore ici, et je pense qu'un prince issu de leur lignée doit toujours les gouverner.

Comme en réponse aux mots de la vieille tortue, un coup de trompe résonna contre les montagnes, rompant la tranquillité du matin. Était-ce une salutation, un avertissement, une mise en garde, le signal d'une chasse ? Niagalé avait tant vu d'obscurité dans les cœurs des hommes, ces derniers jours. Sa confiance était émoussée.

– Ne ferions-nous pas mieux de partir, Wa Alassa, demanda-t-elle ?

– C'est impossible, Niagalé. Nous ne pouvons pas rester ici sans l'autorisation des habitants. Et bientôt, Abimbi viendra en leur refuge, ne l'oublie pas. Mais je crois qu'ils sont prêts. Tu verras bien. Allons, descendons.

Et la tortue quitta le bel éperon rose pour regagner les rives de la Rusiza. Puis elle en suivit la berge nord, vers l'amont, vers le lac Ngolaza. Le sol était couvert d'une herbe tendre, émaillée de fleurs, sur une largeur de quelques dizaines de mètres, de part et d'autre de la rivière. Ensuite commençait la forêt, très clairsemée, faite de multiples arbres fruitiers tels que Niagalé n'en avait jamais vus. Les gazelles et les oiseaux s'écartaient à peine pour leur laisser le passage semblant parfaitement à l'aise avec elles. Soudain, une voix grave se fit entendre, sur leur gauche.

Les animaux vous reconnaissent comme des habitants de cette vallée. C'est donc que votre cœur est assez pur pour nous respecter. Je m'incline devant leur jugement et je vous salue.

Un homme sauta de la branche d'un arbre aux fruits rouges, d'où il devait les observer. Il portait en main une grande sagaie qu'il planta en terre en allant à leur rencontre. Une bande de tissu couvrait seule ses hanches il ne portait nul habit, nul bijou ou signe distinctif. Il était étonnamment grand, et tout en lui exprimait la jeunesse et la force. Cependant son visage évoquait la sagesse des années, empreint de paix, de tranquillité et d'une profonde noblesse. Ses yeux étaient immenses et sombres, se posant longuement sur chaque chose. Niagalé sut tout de suite qu'il était le prince de la Vallée.

- Je vous salue, dit-il d'abord à la tortue. Vous êtes sans doute celle dont on se souvient ici sous le nom de Wa Alassa.

- Oui, c'est mon nom, dit la tortue. Tes pères ont bien transmis le souvenir de ma venue.

- Je suis Mutobaruko. Oui, nos pères nous ont transmis bien des souvenirs heureux, et l'écho de ta sagesse. Mais ils ont transmis également les avertissements qui accompagnaient l'annonce de ton retour. Ainsi, c'est peut-être à moi qu'il appartiendra de guider les miens loin de notre refuge.

- Je le crains, répondit Wa Alassa.

Le jeune prince se tut un instant. Puis il dit fermement.

- Qu'il en soit ainsi.

Ensuite, il tourna ses yeux vers Niagalé, qui soutint son regard. Au bout d'un long moment de silence, il s'inclina profondément :

- Je te salue, noble princesse. Ta beauté et ta sagesse te donnent droit à ce titre. Quel est ton nom ?

- Je suis Niagalé.

- Je crois que je te reconnais. Tu es l'étoile qui annonce le jour.

– Je crains que non, prince Mutobaruko. Je suis venue ici parce qu'il m'a été conseillé de le faire. Je suis venue ici pour défier Abimbi, le roi Serpent qui enroule tout le pays dans la noirceur de ses anneaux depuis trop longtemps. Je suis venue ici pour le vaincre, bien que je ne sache pas comment. Si j'annonce quelque chose, c'est le malheur pour toi et ton peuple, car je crains que la malice du roi Serpent ne souille à jamais ce lieu.

– Nous verrons cela, princesse. Ce refuge nous a été offert, il peut nous être repris. J'ai entendu parler de ce roi Serpent. Je pressens en lui une ombre profonde. Je ne suis pas étonné que tu aies été choisie pour l'affronter. Je maintiens ce que j'ai dit de toi. Il y a trop dans ton mystère pour que je puisse le connaître totalement ; mais toi aussi, tu t'ignores en grande partie. Cependant, je vois déjà beaucoup en toi. Quand viendra le roi Serpent ?

– Dans deux jours à peine. Je l'ai appelé, je pense qu'il viendra.

– Deux jours... eh bien cela nous laisse beaucoup de temps. Venez et je vous conterai l'histoire des Mwaji-Bambaras. Il faut que tu l'entendes, Niagalé. Ensuite vous me direz avec plus de précision qui vous a guidées jusqu'ici. Et nous verrons alors ce qu'il convient de faire. Veux-tu marcher ?

– Oui, je veux bien.

Alors, tendant sa main vers la petite princesse, Mutobaruko l'aida à descendre de l'imposante carapace. Elle sauta gracieusement.

– Et maintenant veuillez me suivre.

– Nous allons vers Kaneza, demanda la tortue ?

- C'est bien cela, Wa Alassa. Je pense qu'il convient aujourd'hui d'en regarder les eaux.

- Je le pense aussi, répondit simplement la vieille sage. Mais je pense également qu'il est temps pour moi de te laisser, Niagalé.

Niagalé sursauta presque, et des larmes brillèrent immédiatement dans ses yeux. Elle n'était absolument pas préparée à un tel discours. Les mots de la tortue étaient fermes, paisibles, sans appel. La petite reine savait déjà qu'elle ne pourrait changer l'avis de son amie. Pourtant, elle cria presque :

- Pourquoi cela Wa Alassa ? Que pourrais-je faire sans toi ? Tu m'as tellement aidée, jamais je n'aurais pu venir jusqu'ici si tu ne m'avais pas guidée.

- C'est vrai, répondit la tortue.

- Alors, ne veux-tu pas continuer à me prodiguer tes conseils ? Tu vas m'abandonner au seuil de la grande épreuve ? Tu vas me laisser seule ?

- Je ne t'abandonne pas chère Niagalé. Simplement te voilà arrivée là où je ne peux plus rien pour toi. Je le sais, mon rôle est fini. Je me sens soudain fatiguée, fatiguée comme jamais je ne l'ai été. Je crois que je vais aller me reposer dans la forêt. Peut-être ne me réveillerai-je pas. Mais je me sens heureuse aussi, comme je ne l'ai jamais été non plus. J'ai fait ce qui convenait. Je t'ai donné ce que je pouvais te donner. Je ne vois plus rien maintenant, et l'avenir est pour moi obscur. Mais j'ai confiance, chère Niagalé. J'ai confiance en toi. Maintenant tu vas mener ta mission à son terme. Et je ne te laisse pas seule.

Elle regarda le prince Mutobaruko.

– Tu es chez toi parmi les Mwaji-Bambaras, petite princesse, c'est évident.

– Oui, c'est vrai renchérit le prince. Wa Alassa a raison, princesse Niagalé. Je t'ai reconnue, tu es chez toi ici.

– Alors je m'en vais, petite princesse. Sois forte et courageuse. Tu l'es. Adieu.

Et sans ajouter un mot, Wa Alassa se retourna et s'en fut. Niagalé était muette de tristesse. Elle se sentait si seule maintenant. Elle avait tellement compté sur l'aide de sa vieille amie.

– Tu me parleras de ta mission tout à l'heure, princesse Niagalé, dit le prince. Et ce que je pourrai faire pour toi, je le ferai. Assieds-toi un instant, je te laisse seule. Tu m'appelleras quand tu seras prête, et nous continuerons.

Et il s'en fut, lui aussi. Restée seule, Niagalé se sentit triste et abattue. Mille plaintes s'élevaient dans son cœur. Ah, pour elle aussi, l'avenir semblait obscur. Comment trouver cette porte qu'ouvrirait sa clef? Et ensuite que se passerait-il? Oui, l'avenir était bien obscur. Inquiétant et inconnu. Elle se savait si faible. Mais elle ne pouvait chasser sa mission de son esprit. Quoi qu'il arrive, elle savait qu'il lui faudrait affronter le roi Serpent dans quelques heures. Elle regarda tout autour d'elle. Les oiseaux chantaient, la fumée de quelques villages paisibles s'élevait dans le ciel pur. Là-bas, sur une petite colline, le prince Mutobaruko était assis. Il ne la regardait pas, il la laissait vraiment seule. Simplement il était là. Et Niagalé fut un peu rassurée. C'est vrai, elle se sentait déjà chez elle ici. Il n'y a pas de temps à perdre, rien ne sert de m'apitoyer sur mon sort, pensa-t-elle. Elle sécha ses larmes, inspira profondément, et appela. Mutobaruko se leva et s'approcha. Et ils allèrent tous les deux ensemble.

Les veilleurs du soleil et des étoiles

Longeant la rivière, ils parvinrent rapidement aux berges du lac Ngolaza. Ses eaux rouges semblèrent brûlantes à Niagalé ; elles passaient du rouge pourpre, presque noir, au vermeil plus léger, plus brillant. Bien que sa surface fût parfaitement lisse, des flammes paraissaient s'y agiter lorsqu'on le considérait de plus près. Le ciel et les montagnes s'y reflétaient, mais parfois zébrée d'un mystérieux éclair de sang. Le lac était très grand, ses berges en pentes raides suggéraient une immense profondeur. Et Niagalé eut peur.

– Il nous faut maintenant contourner le dernier des lacs, dit le prince. Mieux vaut s'en éloigner pour éviter de regarder trop longtemps ses eaux.

– Sont-elles dangereuses ?

– Non princesse Niagalé, elles ne sont pas vraiment dangereuses. Mais nous sommes faibles, et dangereux pour nous-mêmes. Les eaux du lac Ngolaza manifestent l'avenir à qui veut les contempler. Tout de l'avenir ne s'y reflète pas, et il ne s'agit pas d'un lac du destin. Pourtant, bien souvent, la manifestation d'un peu de la lumière des jours futurs nous paraît fixer le sens d'aujourd'hui, et pèse sur nos épaules comme un décret inflexible. Ceux qui ont voulu connaître le futur en restant auprès du lac Ngolaza en sont toujours revenus avec un profond découragement, abandonnant tout effort présent, comme si les malheurs ou les richesses à venir les dispensaient de vivre maintenant. Et puis le dévoilement partiel des jours qui viennent peut si facilement devenir comme un piège pour nous... Nous apprenons que la sécheresse viendra l'année prochaine, et nous préparons des réserves, sans savoir que la faim nous aurait fait découvrir des fruits nouveaux... Nous sommes trop faibles pour connaître ce qui sera, et j'ai recommandé à mes sujets d'éviter de s'approcher du lac. Je ne le regarde pas moi-même, et si tu me fais confiance, je souhaiterais que tu en fasses autant Niagalé. Je sens bien que tu es plus forte que moi ou mes sujets, mais je ne crois pas qu'il soit bon pour personne de connaître l'avenir. Et tu es importante, il ne faut pas que ton courage s'émousse inutilement.

– Je suivrai ton conseil, prince Mutobaruko, répondit la petite princesse. Merci.

Ils infléchirent donc leur route vers les montagnes, au nord, en montant les pentes qui bordaient le lac de l'avenir puis reprirent leur route plein Est. Mutobaruko cueillit quelques fruits et les lui donna. Ils étaient délicieusement rafraîchissants et donnaient une sensation instantanée de vigueur et de souplesse. Poursuivant leur route pendant un bon moment, ils aboutirent à une petite colline, parsemée de quelques arbres aux feuilles dorées, d'où la vallée s'offrit à nouveau à leurs regards, mais depuis son centre cette fois. À leur droite, vers l'ouest, on distinguait à nouveau les eaux rouges du lac Ngolaza. La Rusiza en coulait et se perdait dans la gorge comme en une porte noire. Niagalé frissonna en la regardant. « Bientôt Abimbi en sortira et je devrai l'affronter, pensa-t-elle. Que pourrai-je faire contre lui ? » Mutobaruko la regardait.

– Reste avec nous princesse Niagalé, il n'est pas encore temps de penser à demain. Regarde ma vallée maintenant.

Beaucoup plus près, à leurs pieds, le lac Mwijiza offrait aux chauds rayons du soleil son vert profond. Qu'il était beau. Des oiseaux venaient y boire, effleurant sa surface dans leur vol, faisant monter vers le ciel leurs mille chants. Sur ses berges, les fleurs étaient encore plus abondantes que dans le reste de la Vallée des Trois Lacs, éclatantes de couleur.

– Pourrons-nous cueillir des fleurs, prince Mutobaruko, demanda Niagalé ?

– Je préfère quand tu penses aux fleurs, sourit le prince. Oui, tout à l'heure sans doute. Mais je veux t'emmener au bord du lac Kaneza. Il faut que tu connaisses qui sont les Mwaji-Bambaras. Je crois que c'est important. Suis-moi encore, s'il te plaît.

Et empoignant sa sagaie, il reprit sa marche, silencieux et rapide. Bientôt ils rejoignirent un chemin qui passa près d'un petit village. Les cases rondes étaient soigneusement construites et rassemblées en cercle. Elles étaient simples, plus simples et pauvres que toutes celles que Niagalé avait jamais vues. Mais le village était beau, propre et net, tout y semblait paisiblement à sa place. La petite princesse remarqua une sorte de terrasse sur le toit de chacune d'entre elles, auquel on accédait par une échelle posée le long d'un mur. Des femmes les regardèrent un moment. Elles avaient les mêmes yeux que Mutobaruko, grands ouverts, et le même regard paisible et perçant. Puis elles reprirent leurs occupations. Dans les cours, quelques enfants jouaient aux jeux que Niagalé connaissait il n'y avait pas si longtemps : osselets, corde à sauter. De grosses larmes perlèrent en ses yeux, et elle repensa à sa famille, à son village. Une certitude monta en son cœur : tout cela était perdu pour elle. Tout cela, mais quoi ? L'enfance ? Son village et sa famille ? Elle essuya ses larmes, durcit son visage et se retourna. Le prince la regardait silencieusement et l'attendait.

– Allons-y, dit-elle simplement.

Et ils allèrent tous les deux ensemble. Un sentier de dalles s'approchait du cours de la Rusiza, et ils se remirent à longer la rivière qui était maintenant un petit ruisseau faisant chanter les pierres. Le chemin montait, de plus en plus raide jusqu'à devenir un escalier, en s'approchant des premiers contreforts de la montagne. Il traversait enfin un portique et aboutissait à une grande esplanade de pierre, arrangée avec art et simplicité. Les dalles formaient un carré bien dessiné, entouré sur trois côtés d'un muret de la hauteur d'un homme. Ils étaient entrés par l'ouverture de pierre construite dans le mur ouest. Contre chaque mur s'appuyait un banc de pierre. On pouvait y asseoir au moins une cinquantaine de personnes à la fois. Le quatrième côté, le côté sud, était ouvert. La terrasse surplombait en fait le lac Kaneza de quelques mètres, et l'on pouvait en contempler les eaux bleu outremer, parfaitement unies et immobiles. Le lac était circulaire, et il n'y avait pas plus de quelques mètres d'une rive à l'autre. Ses berges étaient inaccessibles, de grandes murailles de pierre blanche, totalement lisses, hautes de la taille de deux ou trois hommes l'entouraient. Niagalé contemplait avec admiration. Tout semblait ici beau, simple et paisible. Contre le mur nord, un grand vase était construit, empli de pierres noires, lisses et parfaitement rondes. Une autre porte de pierre perçait le mur Est, et de là un escalier montait tout droit dans les premières pentes des monts qui fermaient la vallée. Mutobaruko posa sa lance, saisit une pierre dans sa main, et lui fit signe de s'approcher du lac.

– Nous voici donc au lac du passé, princesse. Nous sommes ici dans la salle de la nuit. Nous l'appelons ainsi car nous y veillons les étoiles, la nuit venue. Il est bien rare qu'elle serve à contempler le passé dans le lac. C'est la première fois que cela arrive depuis que je suis né. Mais mon père m'a appris comment appeler les eaux de Kaneza, en cas de nécessité. C'est un grand jour pour moi, sourit-il. L'escalier que tu vois monte dans la montagne. Là, il aboutit à une terrasse assez semblable, tout en haut du plus haut des sommets qui nous entourent. Nous l'appelons la salle du soleil, car c'est là que nous veillons le soleil, chaque matin et chaque soir. Je vais maintenant jeter une pierre dans le lac, et tu connaîtras alors notre histoire. Mets-toi bien au bord de la terrasse. Et, à présent, sois silencieuse et regarde.

Il lança la grosse pierre qui tomba au centre du lac Kaneza. Mais étrangement, il n'y eut aucun bruit, ni aucun remous dans la surface de l'eau. La pierre semblait s'être évanouie. Les eaux bleues ne bougeaient pas, rien ne venait troubler le profond silence. Un long moment se passa. Niagalé commençait à ressentir un vague trouble, une légère inquiétude, quand soudain, elle vit et entendit. Il n'y avait aucune image à la surface du lac, ni non plus aucun bruit : tout lui venait directement au cœur, mais plus sûrement que n'importe quelle vision ou que n'importe quel discours. Elle savait, tout simplement.

Tout avait commencé il y a longtemps. Il y a très longtemps. Il y avait eu le temps des pierres ; elles avaient régné sur terre, le temps d'un très long règne. Toute leur richesse et leur savoir s'était rassemblés dans la meilleure d'entre toute, la reine des pierres : le diamant.

Et le diamant avait parlé un jour au brin d'herbe. « Voici, dit le diamant, le royaume des pierres que je mets entre tes mains. Que les plantes règnent ». Alors vint le temps des plantes. Ce second règne fut très long également. Et puis, tout le savoir et toute la richesse des plantes se rassemblèrent dans le fromager, le roi des arbres. Et le fromager était allé voir le plus petit des insectes. Il avait ployé ses branches et s'était incliné profondément. « Voici, dit le roi des plantes, le royaume végétal que je mets entre tes mains. Que les animaux règnent. » Alors vint le temps des animaux. Ce troisième règne fut plus court, mais aussi plus glorieux que les précédents. Toute la sagesse et la force des animaux se rassemblèrent dans l'éléphant, qui devint roi des animaux. Et l'éléphant chercha un jour les hommes, car il savait que son règne touchait à sa fin, et qu'il avait un trésor à transmettre. Il marcha longtemps pour les trouver ; dans les montagnes, dans les forêts, près des lacs.

Et puis un jour, au milieu du désert, l'éléphant trouva trois jeunes garçons, assis sur une pierre. Le premier s'appelait Ibo, le second était Nashimo, et le troisième, Bambara. Ibo était le plus grand ; Nashimo était le plus fort ; Bambara, lui était lent et silencieux. Les trois frères s'étaient éveillés depuis quelques heures à peine, et ils s'étonnaient du monde qui les entourait. Mais malgré leurs yeux et leur esprit grand ouverts, ils ignoraient tout des merveilles et des dangers qui les entouraient. L'éléphant les mena au-delà du désert, et puis, sur le sommet d'une haute montagne, il leur transmit toute sa sagesse. Ainsi les trois frères connurent les secrets des pierres, les propriétés des plantes, les mœurs des animaux. Ils apprirent les richesses et les dangers du soleil, des pluies et des vents, ils connurent l'alternance des saisons, les êtres amicaux et les êtres hostiles.

Et puis, l'éléphant se prépara à leur confier sa couronne. Mais comme ils étaient trois, il divisa entre eux le nouveau royaume des hommes. « À Ibo, dit-il, je confie les animaux. Tu seras le roi des éleveurs et le premier de tous ceux qui vivent des troupeaux ; à Nashimo, je confie les plantes et tout ce qui pousse. Tu seras le premier de tous ceux qui vivent de la culture du sol, et de la terre tu tireras ta richesse, avec la force qui est la tienne. Toi et Ibo, vous serez toujours rivaux et vous vous disputerez les richesses de ce monde si vous n'apprenez pas la sagesse de Bambara. Car à toi, Bambara, je donne les pierres et la lumière et le temps. Tu apprendras la reconnaissance auprès de ce qui est simplement là, et tu veilleras le jour en ce monde. C'est de toi que tes frères sauront qu'il existe des biens plus précieux que les richesses de leur culture et de leur élevage. Et maintenant, allez chacun en votre royaume ».

Ibo s'en fut dans les montagnes. Il domestiqua les bœufs, les ânes et les chèvres et il devint riche. Ses descendants choisirent une vie de nomade. Nashimo s'en fut dans les vallées. Il cultiva le mil, le sorgho, et il planta les premiers vergers. Ce fut lui aussi qui construisit les premières villes. Ses descendants furent nombreux, et lui aussi devint très riche.

Bambara, lui, s'en retourna au désert. Ses yeux étaient immenses, son corps était faible, mais son cœur infatigable. Il dormait peu, veillant les étoiles la nuit, chantant dans la joie du lever du soleil chaque matin, et pleurant d'incompréhensibles larmes dans un désir d'ailleurs en chaque crépuscule. Bien qu'il sache où trouver l'or, l'argent et les pierres précieuses, Bambara ne fut jamais riche. Il élevait des pierres sur les collines, bâtissait des temples qu'il ornait pour célébrer le don de la beauté, mais jamais il n'accumula rien pour lui. Il était roi de sujets à qui il n'imposa jamais sa volonté, et c'est ainsi que Bambara et ceux qu'on appela de son nom apprirent l'obéissance à ce qui est. Voilà pourquoi les animaux et les plantes aimèrent les Bambaras, car ils étaient doux, et ils leur furent toujours amicaux. Les Bambaras vivaient ainsi très simplement et dans un émerveillement constant pour le don de la vie.

Le grand roi des pierres et des astres visitait souvent les descendants d'Ibo et de Nashimo, et leur apprenait à être pleins de gratitude pour la générosité de la terre et des animaux, pour la beauté des étoiles, la force du soleil et la douceur de la pluie. Il leur enseigna à bâtir des temples, à veiller dans la nuit, et à choisir la douceur qui rend le monde amical. Beaucoup parmi les Ibos écoutaient; beaucoup parmi les Nashimos écoutaient et il y eut une grande amitié dans les trois royaumes. Mais la richesse des éleveurs s'accrut énormément, leurs campements devinrent luxueux, et leurs rois eurent de très nombreuses épouses. Et de même l'opulence des villes construites par les descendants de Nashimo déborda, leurs palais furent fastueux, leurs rois devinrent arrogants et leurs reines méprisantes. Ibos et Nashimos tinrent pour peu de chose la sagesse des Bambaras et ils rejetèrent leurs conseils. Parmi les Bambaras, beaucoup se mirent à envier le luxe des autres royaumes et à se révolter contre le mépris dont ils étaient devenus l'objet. Ils usèrent de leur sagesse et de leur science pour tirer du sol les pierres précieuses, l'or, l'argent, le fer et le bronze. Ils se forgèrent ainsi des armes. Ils cessèrent de veiller la lune et les étoiles, le soleil en son lever et en son coucher, et leur cœur ne fut plus tourné vers le ciel. Alors ils quittèrent le désert, ils marchèrent contre les villes des Nashimos qu'ils soumirent aisément à leur domination et dont ils firent leurs esclaves. Ils les dépossédèrent de leurs habitations, et ils étendirent le grand empire des Bambaras, sous la direction de Wa Fwamba Fwamba, le douzième descendant direct de Bambara.

Ils apprirent le luxe et la mollesse, le raffinement et la cruauté. Puis des ambitieux se levèrent parmi eux, qui se proclamèrent roi, et l'empire bambara fut disloqué. Pour l'emporter certains s'allièrent avec les Ibos et leur enseignèrent l'art de fondre les métaux et de forger des armes. Les Ibos qui étaient les plus forts des hommes devinrent de très redoutables guerriers. D'autres parmi les Bambaras provoquèrent des révoltes parmi les immenses populations d'esclaves des Nashimos, et ils inventèrent avec eux l'art de tirer du poison à partir des plantes. La méfiance ancestrale entre Ibos et Nashimos se mua en haine, comme l'avait prédit autrefois le grand roi éléphant, car les Bambaras n'avaient pas été fidèles à leur mission. Et ainsi la guerre devint générale entre les trois peuples qui autrefois étaient trois royaumes amis.

Cependant, un petit groupe de Bambaras était resté fidèle à sa mission. C'était la famille de Mwaji, le jeune frère de Wa Fwamba Fwamba. Lui, son épouse et ses enfants furent les seuls à refuser de suivre le roi des Bambaras dans son projet de conquête des villes. Ils restèrent dans le désert, et n'abandonnèrent pas la veille des étoiles, de la lune et du soleil. Ils continuèrent de vivre pauvrement dans le désert, dans la contemplation et l'amitié avec tout être vivant. Ils élevèrent encore des pierres et des temples sur le sommet des montagnes et sur les collines, ils élevèrent aussi leurs cœurs vers ce qui ne se voit pas. Ils furent les Mwaji-Bambaras, et devinrent très grands, très doux, très sages et très beaux.

Dans le luxe des villes puis dans la misère des guerres et des épidémies, les Bambaras, eux, dégénèrent pour devenir un peuple cruel et laid. C'est ainsi qu'ils vouèrent une haine implacable et féroce à leurs cousins Mwaji-Bambaras, en qui ils contemplaient leur dignité perdue par leur propre faute. Et Ibos et Nashimos méprisèrent ces hommes qui n'adoptaient pas la seule loi qui dirigeait désormais la terre : la loi de la force. Ainsi les Mwaji-Bambaras furent-ils pourchassés et persécutés de tous, parce qu'ils avaient choisi une vie paisible et pauvre. Ils étaient rejetés, repoussés sur les terres les plus arides, parfois même traqués par leurs anciens cousins, chassés comme des bêtes dont il fallait se débarrasser.

Alors ils se cachèrent dans le désert, puis errèrent des années durant à la recherche d'un refuge. Durant tout ce long pèlerinage, ils ne cessèrent jamais de contempler et de veiller sur la beauté des choses du ciel et de la terre, pour apprendre le secret de la grande amitié et pouvoir le partager à nouveau, quand le moment serait venu.

Au bout de plusieurs générations misérables, d'errances et de fuite pour leur propre survie, ils trouvèrent enfin la Vallée des Trois Lacs. Nul homme n'y avait mis les pieds auparavant ; le monde était alors très peu habité, et les terres d'alentour, à des jours de marche à la ronde, étaient totalement vides d'hommes. Les animaux sauvages leur montrèrent la route du grand défilé, et les Mwajis-Bambaras purent enfin se reposer paisiblement en un lieu où ils n'étaient pas menacés, en un lieu où ils pouvaient contempler les étoiles, veiller sur le lever et le coucher du soleil, chanter la beauté de tout ce qui est. Dans leur vallée, les Mwaji-Bambaras bâtirent un immense escalier qui aboutissait à une plateforme, tout en haut de la plus haute des montagnes qui encerclaient leur vallée. Là, chaque matin et chaque soir, quelques-uns d'entre eux contemplaient l'aurore, chantant la naissance du soleil ; et le soir, ils veillaient le crépuscule, en célébrant le grand repos et la grande confiance de la nuit, qui donnait au monde la dépendance dans la générosité de la vie.

Les Mwaji-Bambaras ne s'accrurent jamais beaucoup. Leurs enfants étaient peu nombreux, et rares étaient ceux qui parvenaient à leur maturité d'adultes. Mais cela n'était pas perçu comme une malédiction ; car un Mwaji-Bambara mort jeune était simplement celui qui était entré plus rapidement dans la joie de voir, de voir vraiment. Les adultes se percevaient surtout comme des guides pour aider les enfants à trouver les chemins de la vraie paix. Et ainsi, oui, ils vécurent en paix, de longs siècles, à l'abri des conflits de ce monde. Pourtant, non, ils n'étaient pas tout à fait à l'abri. À chaque génération, un combat décisif attendait le roi de la tribu, un combat décisif où sa vie était risquée, et parfois prise, un combat décisif où il devait protéger ses pairs d'une grave menace. Cela variait au cours du temps ; parfois, c'était un envahisseur qu'il fallait anéantir, comme lorsqu'une petite troupe de guerriers d'un empire voisin trouva par hasard le chemin de la vallée, et que le roi dut les tuer un par un avant qu'ils ne puissent dévoiler le secret ; parfois, c'était la mystérieuse folie d'un des Mwaji-Bambara qui devait le faire chasser et perdre loin, loin de la douce vallée, là où il pourrait vivre sa folie parmi d'autres fous dont la joie était d'accumuler richesses et puissance ; parfois c'était un animal sauvage qu'il fallait affronter ; ou alors c'était la source qu'il avait fallu libérer en descendant profond dans les entrailles de la montagne ; ou une maladie mystérieuse qui atteignait les enfants et pour laquelle il fallait chercher un remède dans des contrées hostiles. Ainsi le roi protégeait ses sujets au péril de sa vie, quand son temps était venu.

Et alors Niagalé ne vit plus que le roi Mutobaruko, appuyé sur sa lance, qui la regardait en souriant.

– Maintenant tu nous connais, princesse Niagalé, tu sais qui sont ceux de ma tribu, quelle est notre joie de contempler le soir et le matin, les étoiles, la nuit et les nuages le jour ; tu sais aussi quel est mon destin. Je sens qu'il approche, et que je mènerai bientôt ce combat pour lequel mon père m'a préparé ; et je sens que tu seras liée à ce combat. Alors, accepterais-tu de me dire comment tu en es arrivée à attendre le roi Serpent ici ?

Niagalé le regarda longuement sans rien dire, et Mutobaruko soutint un moment son regard. Puis il baissa les yeux.

– Si tu ne veux pas parler ou ne le peux, princesse Niagalé, alors ne parle pas.

– Si prince Mutobaruko. Il est juste que je te dise toute mon histoire. Je crains pour toi, car le fardeau qui pèse sur mon cœur est lourd, et il en sera sans doute de même pour toi. Je voudrais l'éviter. Mais je pense qu'il est bien trop tard. Dès l'instant où j'ai été guidée dans la Vallée des Trois Lacs, toi et ton peuple avez perdu la paix de votre refuge.

– Tu es l'étoile qui annonce le jour, Niagalé. Je sais cela. Et je veux bien de la nuit si elle me conduit au jour nouveau.

– Puisse-t-il se lever pour toi. Car moi je ne sais si je le verrai. Mais allons, assieds-toi. Je te raconterai tout ce que je puis.

Et Niagalé parla. Elle parla longtemps, très longtemps. Sa voix était paisible et douce, son verbe était ferme et précis. Elle raconta les souvenirs épars de son village. Elle raconta le palais, et la sourde angoisse qui monta en elle. Elle raconta Lokolaka et les horreurs de l'antre d'Abimbi. Elle raconta son réveil, sa mue, et la grande peur des Lubas. Elle raconta sa fuite, Wa Alassa, le voyage dans le temps, le monde en sa jeunesse et Mworoha. Elle raconta son voyage jusqu'en la vallée. Elle raconta aussi son cœur, ses peurs, ses doutes, la force qui la traversait parfois, et surtout son immense désir que tout cela soit fini, et qu'elle puisse rentrer chez elle, pour redevenir une jeune fille ordinaire.

– Et me voici, maintenant, à chercher la porte qu'ouvrira la clef d'or, et qui me permettra de trouver comment vaincre le roi Serpent quand il sera là. As-tu idée d'où peut se trouver cette porte, prince des Mwaji-Bambaras ?

Les yeux de Mutobaruko étaient devenus tristes, et son visage sombre. Il resta un bon moment en silence, la tête baissée. Puis enfin il se redressa.

– Je te répondrai demain matin, chère Niagalé. Il me faut prendre un moment seul maintenant. J'ai besoin de réfléchir. Pour toi, tu as sans doute bien besoin de sommeil. Je vais te conduire chez ma sœur, Ndiedieng. Tu y seras bien, et je t'y retrouverai. C'est tout ce que je puis te dire maintenant.

Niagalé ne répondit rien. Elle sentait bien que le cœur du prince de la Vallée des Trois Lacs était devenu inquiet. Elle sentait bien aussi qu'elle ne pourrait l'aider. Elle se laissa conduire hors de la terrasse de pierre et jusqu'à un petit village tout proche. Quelques maisons étaient adossées aux premiers contreforts de la montagne, abritées par un immense fromager blanc. Il était tard. Mutobaruko siffla doucement, à la porte d'une des cases et au bout de quelques instants, une jeune femme sortit. Elle avait sans doute été réveillée, mais son port était malgré tout altier, digne et gracieux. C'était une princesse qui se comportait comme telle, même au milieu de la nuit. Mutobaruko lui dit quelques mots tout bas ; alors Ndiedieng prit Niagalé par la main, et la fit entrer dans la case, lui indiquant simplement une natte, dépliée sur le sol. À leur souffle paisible, on devinait quelques personnes dans la pénombre. Niagalé se dévêtit et s'étendit. La nuit était douce et paisible. Elle s'endormit presque aussitôt.

La clef

Le jour était à peine levé quand Ndiedieng la secoua légèrement.

– Debout, dit-elle simplement, le prince t'attend.

Niagalé se prépara rapidement. La case était déjà vide. Dehors, les femmes aux grands yeux travaillaient aux tâches de la vie familiale, tandis que les enfants jouaient dans une petite cour. Ndiedieng lui tendit un fruit. Il ressemblait à une orange, mais en bien plus gros, sucré et désaltérant. Niagalé se sentit pleine de force. Mais une ombre pesait sur son cœur, cependant : demain, demain déjà, Abimbi serait là, et il lui faudrait l'affronter. Comment pourrait-elle faire ? La clef était suspendue à son cou, et elle la prit en ses mains pour la considérer un instant. Quelle pouvait bien être cette porte qui s'ouvrirait et lui donnerait de vaincre un tel monstre ?

– Tu es pensive, princesse Niagalé, lui dit Ndiedieng. Tu es inquiète.

– Oui, répondit-elle simplement.

– Je n'ai pas besoin de savoir ce qui pèse sur ton cœur, mon frère qui nous guide le sait. Mais reçois toute mon affection dans ton épreuve.

Et Ndiedieng la serra longuement dans ses bras. De douces larmes coulèrent des yeux de la petite princesse.

Elle se sentait si rassurée dans les bras de cette femme. Elle aurait tant voulu s'abandonner à cette tendresse, se laisser emmener, se laisser guider, déposer son fardeau pour ne plus jamais, jamais s'en occuper. Mais au bout d'un bref instant, Ndiedieng la prit par la main.

– Allons, mon frère t'attend maintenant.

Et elle la conduisit d'un pas vif à la grande terrasse de pierre. Elles entrèrent dans cette salle ouverte sur le ciel. Le lac Kaneza brillait dans la lumière du petit jour. Mutobaruko était assis contre un mur, pensif, les traits tirés. Niagalé sut immédiatement qu'il n'avait pas dormi de toute la nuit. Sa sœur s'approcha, tenant toujours Niagalé par la main. Le prince se leva et remercia doucement Ndiedieng. Celle-ci embrassa tendrement la petite princesse, puis elle s'en fut sans un mot.

– Ma sœur t'a reconnue et elle t'aime, Niagalé. Je suis content.

– Oui, moi aussi je suis contente, répondit la petite princesse.

Puis elle se tut, et garda les yeux baissés. Le prince avait à lui parler, elle le savait bien. Elle attendait simplement qu'il soit prêt.

– J'ai médité toute la nuit, Niagalé, dit enfin le prince des Bambaras.

– C'est écrit sur ton visage, prince Mutobaruko. Le malheur qui est venu avec moi a déjà commencé son œuvre. J'en suis profondément désolée.

– Nous avons tous une mission Niagalé, une épreuve à traverser. Tu l'as fait bravement en échappant à Abimbi, et en venant jusqu'ici. Avec toi, ma mission commence, je crois. Et tu n'es point responsable. Je ne t'en tiendrai pas rancune, ni aucun membre de mon peuple. J'attendais mon heure, et maintenant mon heure vient.

- Que veux-tu dire par là, prince Mutobaruko ?

- Que je connais maintenant le combat pour lequel j'ai été préparé toute ma vie.

Niagalé pressentait déjà ce que voulait lui dire le prince. Elle était agitée de mille pensées, de mille sentiments : crainte, reconnaissance, soulagement, une immense tendresse, tristesse aussi. Mais elle ne bougea pas, ni ne dit rien. Elle regardait à terre.

- Tu as amené jusqu'à mon royaume le roi Serpent, princesse Niagalé. Il est mauvais, et il voudra ce lieu de beauté, qui est précieux ; il voudra détruire mon peuple, qui est sous ma responsabilité, mon peuple qui est sans prix ; il voudra te détruire toi et te dévorer, comme il a déjà tenté de le faire. Et tu es plus précieuse encore, Niagalé. À tout cela, je ne puis consentir. Ce lieu a été confié à ma garde ; peut-être qu'il ne sera plus notre refuge, mais il est beau et bon, et je ferai tout ce qui est en mon pouvoir pour qu'il reste tel. Mon peuple doit sa vie à la sage direction de mes pères. Et je le protégerai encore, de toutes mes forces. Quant à toi, Niagalé, en venant ici, tu t'es mise sous ma protection. Et il m'est doux qu'il en soit ainsi, car je vois que la bonté de ton existence est sans prix. Je te protégerai de toute ma vie. J'ai médité sur les devoirs qu'implique ma charge. Mais j'ai aussi médité sur les paroles de Mworoha, que tu as bien voulu me partager. Il me faut être attentif aux voix plus fortes que les miennes, à un destin qui me dépasse et où je m'insère comme la goutte d'eau dans la rivière. Mworoha a dit que la clef ouvrirait la porte qui te permettrait de vaincre le roi Serpent. Ne suis-je pas moi-même la porte de cette vallée? C'est à moi qu'il revient d'en défendre l'accès, de l'ouvrir ou de la clore aux pas de quiconque s'approche. Et quand tu es venue, la porte s'est immédiatement ouverte, princesse Niagalé. Car j'ai vu ta beauté qui est l'éclat de ta sagesse et de ton courage. Mon cœur s'est immédiatement élargi, toute barrière a disparu. Et j'ai su que je serais heureux de te servir et de prendre soin de toi. Je crois que je suis la porte que tu as ouverte, princesse Niagalé. Je combattrai le roi Serpent. Et peut-être que selon les paroles de Mworoha, je le vaincrai.

– Le prince se tut, et Niagalé releva les yeux. Ils étaient pleins de larmes. Elle parla doucement.

– Je vais te demander quelque chose, prince Mutobaruko. C'est de t'asseoir et de ne pas bouger, s'il te plaît.

Le prince s'assit. Niagalé s'approcha, elle s'assit près de lui. Elle posa la tête sur son épaule, sans rien dire, et resta ainsi, longuement, très longuement. Le soleil était déjà haut sur la Vallée des Trois Lacs, les oiseaux chantaient, et on entendait de temps en temps le cri d'un âne, dans l'un des villages. Enfin, la princesse se redressa.

– Tu as retiré un poids de mon cœur, prince Mutobaruko. Et tu en as déposé un autre, plus grand encore peut-être. Je craignais d'affronter Abimbi. Maintenant je crains pour ta vie. Que deviendrais-je si tu meurs? Je serais malheureuse à jamais...

– Chacun de nous fait son devoir Niagalé. Tu as accompli le tien. C'est bien. Il est temps pour moi d'accomplir le mien. Et je ne serais pas digne de régner sur ce peuple si je me dérobais. Peut-être mourrai-je demain. Mais j'ai grande confiance. N'as-tu pas été guidée tout au long des chemins qui t'ont conduite à échapper à ce monstre? Alors, mon bras ne sera-t-il pas guidé aussi, pour le tuer ? J'ai été mis sur ta route, c'est évident. Et toute ma vie m'a préparé à ce moment. J'ai grande confiance. Je t'ai bien entendue : tu as dit que tu seras malheureuse à jamais si je meurs, Niagalé... Et moi je voudrais te demander maintenant : seras-tu heureuse si je survis ?

Niagalé le regarda un bon moment, paisiblement.

- Oui je serai heureuse. Je serai très heureuse.

- Alors moi aussi je suis heureux...

Ils restèrent en silence, un bon moment encore. Et puis le prince se leva, et lui tendit la main.

- Viens princesse. Il nous reste quelques heures de ce jour. Nous allons manger. Ensuite je t'emmènerai dans la montagne, si tu le veux bien. Il serait bon de contempler avec toi les beautés du jour. Et puis, nous verrons bien ce qu'il adviendra demain. Aujourd'hui, je suis avec toi et c'est un beau cadeau, Niagalé.

- Aujourd'hui, je suis avec toi, et c'est un beau cadeau, Mutobaruko.

Ils quittèrent tranquillement la grande terrasse de pierre, et rejoignirent la maison de Ndiédieng. Ce fut une belle matinée, toute simple. Ils mangèrent des fruits et burent du lait en compagnie des enfants de Ndiédieng, puis ils retournèrent à la grande salle qui surplombait le lac Kaneza. De là, ils montèrent l'escalier qui menait tout en haut de la montagne. L'escalade parut bien longue à Niagalé, mais Mutobaruko qui la précédait s'arrêta plusieurs fois pour qu'elle se repose. Enfin ils arrivèrent à la terrasse qui dominait toute la Vallée des Trois Lacs, et qui permettait également de contempler les immenses plaines, tout autour. La matinée était déjà bien avancée, le soleil commençait à brûler. Ils restèrent cependant un très long temps, sans rien dire. La vue portait merveilleusement loin.

D'abord Niagalé reprit son souffle, puis elle se tourna vers l'est, face au soleil. Dans cette direction, les montagnes disparaissaient rapidement, et la plaine s'étendait, semblait sans fin. Elle était couverte d'une forêt clairsemée, avec çà et là quelques cercles où les arbres ne poussaient plus : de petits villages, sans doute, au milieu de leurs champs. Non loin de leurs montagnes, on distinguait de toutes petites cases, pelotonnées les unes contre les autres. Un peu de fumée se laissait deviner au-dessus de l'une ou l'autre d'entre elles.

Niagalé regarda longuement ce petit village, qui semblait blotti à l'abri des contreforts montagneux, caché dans la forêt, sans rien alentour. Elle pensa à son village, à sa famille. Elle pensa au feu qu'elle savait alimenter, à la cuisine qu'elle savait faire, elle pensa à des enfants et à la paix. Elle voulait regarder Mutobaruko, mais n'osa pas. Cette paix semblait si proche, qu'il serait doux de se cacher quelque part avec lui. Mais bien sûr, c'était impossible, un lourd destin les attendait, tout enveloppé de sombres nuages, nimbé d'incertitude. Elle soupira et deux larmes perlèrent à ses yeux. Mutobaruko lui prit la main, et la serra un bref instant ; elle sentait bien qu'il avait compris, au moins quelque chose...

Elle serra la main du prince à son tour, puis inspira bien fort et ils s'éloignèrent légèrement. Elle ne regarda plus le petit village caché. Vers le nord, les montagnes s'abaissaient pour former un ensemble infini de petites collines. Le paysage était plus sec en cette direction. Au fond des petites vallées, on distinguait à chaque fois quelques arbres, de la verdure. Mais les modestes sommets étaient de sable ou de roche. Le rouge des rochers alternait avec le vert ou le jaune des fonds de vallée. Loin, très loin, on devinait une immense chaîne de grandes montagnes, plus grandes sans doute que celles où se cachait la Vallée des Trois Lacs, et qui barrait tout l'horizon. Le pays paraissait vide d'habitants en cette direction, mais Niagalé sentit grandir en son cœur le désir de partir, connaître l'âpre pays des montagnes et son ciel si bleu. Elle contempla longuement ces lointains sommets. Vers l'ouest, la plaine se couvrait rapidement d'une dense forêt. Très loin et en plusieurs endroits, de nettes colonnes de fumée laissaient voir la présence des hommes. Le ciel était sombre, chargé de nuages, chargé de pluie. Là aussi, la plaine semblait sans fin, s'étendait à perte de vue. Au-dessus d'eux des oiseaux tournoyaient; l'air était paisible et bien chaud. Tout en fixant la forêt, Niagalé dit à voix basse:

– Nous aurions pu vivre heureux, cachés dans un village, prince Mutobaruko.

– Oui, nous aurions pu, princesse Niagalé. Et nous aurions été en paix, un temps.

– J'ai été réveillée il y a quelques jours à peine, prince Mutobaruko, et je ne puis plus me rendormir. Quant à toi et ton peuple, vous avez été éveillés il y a bien longtemps.

– C'est vrai princesse.

– Nous ne nous endormirons pas.

– Nous ne nous endormirons pas. Et je ferai face à l'ouest où coule la Rusiza jusqu'à ce que tout soit fini. Tu as accompli ta mission, la mienne commence. Je te demande seulement de rester avec moi.

– Je resterai avec toi, prince Mutobaruko. Tournons-nous maintenant.

Ils regardèrent d'abord toute la vallée cachée, et ses trois lacs qui scintillaient : Kaneza d'un bleu qui évoquait un abîme sans fond, Mwijiza et ses mille reflets verts, plus riches encore que les nuances de la forêt, et Ngolaza qui semblait prendre feu sous le soleil. Et on distinguait nettement une dizaine de petits villages, disséminés entre les bosquets, les clairières et les modestes plaines.

Puis lentement, ils se tournèrent vers le sud, à contrecœur. Au-delà de la ceinture de pierre qui protégeait la vallée, la Rusiza obliquait et filait dans le beau pays de Musongati. Et puis elle se perdait soudain, refusant d'aller plus loin. Car le morne pays de petites collines où poussaient des arbres chétifs s'aplatissait et s'étendait ensuite jusqu'aux méandres de l'Uzungo. Et bien qu'il fût impossible de l'apercevoir, Niagalé savait très bien que par là, vers le sud, s'étendaient les tours, les murailles et les grandes maisons de Namuzungo.

Elle vit cependant toujours la même fumée noire, très loin, mais qui semblait plus abondante encore que deux jours auparavant. Si Abimbi est bien parti, il n'a pas laissé la paix derrière lui, songea-t-elle. Soudain, ils virent s'approcher un oiseau. Il allait droit devant lui, en poussant un cri étrange, continu. Une rumeur sourde parvint à leurs oreilles, venue du sud. D'autres oiseaux passèrent au-dessus d'eux, filant tout droit vers le levant, poussant le même cri, que jamais ils n'avaient entendu auparavant. Devant eux un étrange nuage, immense, semblait s'approcher, et la rumeur enflait. Des dizaines, puis des centaines, puis des milliers d'oiseaux de toute sorte les dépassaient. Ils franchissaient les montagnes en criant, et volaient à tire d'aile. La vallée fut remplie du bruissement de leurs ailes, de leurs sifflements et de ce qui semblait des hurlements. Le soleil même fut obscurci, et une ombre couvrit les villages des Mwaji-Bambaras. Pendant un bon moment, ils ne purent parler. Puis enfin, le nuage ailé les dépassa tout à fait, le silence revint et le soleil se remit à briller. Mais une ombre semblait être descendue sur les cœurs.

– J'ai vu ces oiseaux, dit la princesse. Je les ai vus dans la forêt de Musongati. Ils ont peur. Ils fuient.

– Abimbi sera fidèle au rendez-vous, dit simplement le prince. Mon temps est venu. Je suis prêt et je ne me déroberai pas.

Il s'engagea vers les marches de pierre.

– Donne-moi la main, et descendons maintenant, Niagalé. Je veux encore rester un moment avec toi chez ma sœur, et c'est ce que j'ai de mieux à faire.

Mais Niagalé resta encore un instant. Elle sentait la terreur qu'inspirait Abimbi ; tout le pays de Musongati devait être vidé de ses habitants. Elle était heureuse et soulagée de n'avoir plus à affronter ce monstre. Mais elle tremblait pour Mutobaruko, qui lui était déjà devenu si précieux. Il lui semblait que la clef pesait lourdement autour de son cou. Quelques retardataires continuaient de les survoler et de fuir. L'un d'entre eux se posa un instant à côté de Niagalé et la regarda sans rien dire. Il avait le même plumage que Lokolaka, et restait là, immobile, à la fixer. Une tristesse et une sourde inquiétude qui dormaient dans le cœur de Niagalé depuis des heures déjà se mirent à grandir, indéfinissables. Elle aurait tant voulu que l'oiseau se mette à parler et l'éclaire. Mais il s'envola soudain. Et elle sut qu'elle n'était pas encore totalement réveillée. Elle scruta la vallée, cherchant une porte… La clef pesait sur son cou, pesait sur son cœur. Il n'y avait pas d'autre porte que celle qui leur avait ouvert la vallée. Elle soupira profondément, et prit la main du prince des Mwajis-Bambaras. Ils descendirent sans parler.

Arrivés au bas des escaliers, ils aboutirent à la grande terrasse de pierre, qui surplombait le lac Kaneza. Une dizaine d'hommes et de femmes les attendaient ; ils étaient paisibles et vénérables, mais leurs yeux trahissaient une crainte sourde. Tous avaient bien compris qu'une menace approchait. Niagalé sut tout de suite qu'ils étaient les chefs des villages de la vallée. Le prince Mutobaroko leur demanda de rassembler tous les habitants de leurs villages près du lac Kaneza, à l'extrémité est de la Vallée des trois Lacs.

– Anciens des Mwajis-Bambaras, salut. Vous êtes venus ici parce que vous avez vu ce matin des phénomènes étranges. Il est vrai qu'un grand danger approche. Je veux que vous rassembliez tous les habitants de vos villages ici même, près du lac Kaneza. Ne prenez pas avec vous de grandes réserves de nourriture… deux jours suffiront amplement. Nous pourrons bientôt rentrer chez nous, ou bien alors nous périrons tous. Je m'en vais affronter la grande épreuve de ma vie, comme l'a fait chacun de mes ancêtres, pour protéger notre peuple. Je suis prêt. Je lutterai contre un terrible ennemi, qui vient vers nous. Niagalé que vous voyez ici nous l'a amené.

Niagalé rougit de honte ; mais tous la regardaient paisiblement.

– Elle a accompli courageusement sa mission, et maintenant voici la mienne. Si nous parvenons à vaincre cet ennemi, nous permettrons à la lumière de briller sur toutes les contrées alentour, comme nous l'avons toujours souhaité. Si j'échoue et que vous périssez, alors nous aurons combattu le bon combat jusqu'au bout, comme nous l'avons voulu toute notre vie. À partir de maintenant, ma sœur Ndiédieng commandera au peuple jusqu'à ce que le sort du combat soit décidé. Mais je vous déclare déjà mon souhait pour les temps à venir : si des jours nous sont encore donnés, et si elle l'accepte, je voudrais que Niagalé soit notre reine. De grands changements s'annoncent pour notre peuple ; ils ont déjà commencé. Nous perdrons ce qui ne peut que périr, et ne restera que ce qui était vraiment précieux. Soyons dignes de nos ancêtres.

Tous ensemble, les anciens se levèrent. Sans un mot, ils s'inclinèrent devant leur prince, puis chacun le serra longuement dans ses bras. Ensuite ils se dirigèrent vers Niagalé, toujours en silence. Ils la considérèrent un moment, et Niagalé baissa les yeux. Elle se sentait si fautive devant eux. Mais ensuite ils s'inclinèrent devant elle.

– Salut à toi, notre reine, dit celui qui semblait le plus âgé. Nous serons heureux de te suivre, si cela nous est donné.

Puis ils s'en retournèrent prestement, chacun de son côté. Le soleil avait déjà dépassé son zénith, et le prince conduisit Niagalé chez sa sœur. Un repas était déjà prêt, toute la maisonnée semblait les attendre. La petite princesse se sentait triste et grave, et elle n'avait pas faim, mais la nourriture était délicieuse, et les nombreux enfants qui étaient là et trépignaient tout en mangeant lui firent oublier un instant le poids qui étreignait son cœur. Ndiédieng se montra encore parfaitement reine de sa concession, et elle sut tous les captiver par un conte.

Prenant plusieurs tout petits enfants sur les genoux, elle leur raconta une aventure de Hyène et de Lièvre :

La saison était très sèche, et tous les animaux avaient faim. Hyène, qui a toujours faim, en devenait folle. Elle se rendit chez Lièvre et lui dit : « Bonjour lièvre. Tu es mon ami. Je sais que tu es toujours prêt à m'aider. Aujourd'hui, j'ai faim. Alors, si tu es mon ami, tu vas te laisser manger. » Mais Lièvre répondit à Hyène : « Mon ami Hyène, si tu me manges, tu seras apaisé un instant. Et puis tu auras à nouveau faim. Laisse-moi entrer à ton service. Je te trouverai à manger pendant une semaine. Si tu es satisfait de mes services, nous continuerons ainsi. Et si tu n'es pas content, tu me mangeras. » Hyène fut d'accord, à condition que le premier repas fût immédiat. Alors lièvre dit : « Je vais tout de suite dans mon garde-manger, qui est bien caché au fond de la grotte de pierres rouges, et je t'en rapporte un bon repas. » Et lièvre fila de toute sa vitesse dans sa maison, qui était à l'opposé. Il prépara le meilleur repas qu'il put, et revint l'apporter à Hyène. Puis il lui chanta une douce berceuse pour la sieste. Hyène était content. Et le lendemain, Hyène revint trouver Lièvre. « Apporte-moi mon déjeuner, ou je te mange. » Lièvre répondit : « Je vais tout de suite dans mon garde-manger, qui est bien caché au fond de la grotte de pierres rouges, et je t'en rapporte un bon repas. » Et lièvre fila dans sa maison, qui était à l'opposé. Il prépara encore un bon repas, avec le peu de réserve qui lui restait, et l'apporta à Hyène qui le dévora, puis fit une bonne sieste. Le lendemain encore, Hyène vint voir Lièvre. « Apporte un de tes bons déjeuners, ou je te mange. » Lièvre dit : « Je vais tout de suite dans mon garde-manger, qui est très bien caché au fond de la grotte de pierres rouges, et que personne ne connaît ; je t'en rapporte un bon repas. » Comme les jours précédents, lièvre fila chez lui. Il prit toute la nourriture qui lui restait, et prépara le meilleur repas qu'il put à Hyène, et le lui rapporta. Hyène le trouva délicieux. Après l'avoir englouti, Hyène s'endormit pour la sieste, puis il repartit chez lui. Mais quand il revint le lendemain, Lièvre n'était pas à l'endroit habituel. À sa place, Hyène trouva seulement lézard, un de leurs amis, qui attendait. « Que fais-tu ici, Lézard ? » demanda Hyène. Lézard répondit : « Je t'attendais. Je dois te délivrer un message de la part de Lièvre. Il a dû partir précipitamment pour s'occuper de sa maman qui est malade. Il sera de retour demain. Il te prie de lui pardonner, et il compte sur ta miséricorde ; il te nourrira mieux demain. » Hyène ne répondit rien, mais sourit malicieusement. Il laissa Lézard partir. Il s'était dit : « Pourquoi attendre le retour de Lièvre ? Je vais filer dans son garde-manger, et je prendrai tout ce qui me fait plaisir. Et demain, eh bien, je mangerai Lièvre en dessert. » Et Hyène fit ainsi. Il courut vers la grotte de pierres rouges. Près de l'entrée, il vit quelques poils de Lièvre. « Héhé, pensa Hyène. Lièvre peut bien se cacher, mais moi je vois tout… » Et Hyène entra dans la grotte de pierres rouges. Il fit quelque pas vers le fond de la grotte, qui n'était pas très loin, scrutant dans la pénombre pour trouver une porte ou une trappe. Quand soudain, un grondement le fit sursauter, et il se retrouva dans l'obscurité complète. Des pierres s'étaient éboulées devant l'entrée de la grotte. Hyène y courut en criant. Et là, il entendit Lièvre rire. « Alors Hyène, comment trouves-tu mon garde-manger ? Je savais bien que ton avidité te perdrait. Mais maintenant, il faudra l'aide d'Éléphant pour dégager l'entrée. Alors, ou bien je te laisse ici, ou bien tu me promets solennellement de me servir pendant un an, après quoi tu seras libre. Et pour plus de sûreté, j'associerai Éléphant à notre accord. Cela t'aidera sans doute à y être fidèle. » Et ainsi, trompé par sa propre faim, Hyène devint le serviteur de Lièvre et d'Éléphant pour une année entière.

Les enfants rirent beaucoup à l'histoire de Ndiédieng. Niagalé rit aussi, de bon cœur. Le fardeau qui pesait sur son cœur avait disparu pour un moment. Quand le repas fut fini, l'après-midi était fort avancée. Le prince se leva lentement.

– Je vais me préparer pour la journée de demain. Et je dormirai là-haut, près des étoiles. À partir de maintenant, tu diriges notre peuple, Ndiédieng. Va les retrouver près du lac Kaneza, avec toute la famille, et veille à ce qu'ils mangent et dorment bien. Quant à toi, Niagalé, je n'ai pas d'ordre à te donner. Je ne sais ce qui est bon pour toi.

– Je resterai seule également, prince Mutobaruko, dit Niagalé. Ici nous sommes tout proches du lac Kaneza, et je ne risque rien. Je dois moi aussi me préparer. Car demain, je viendrai avec toi à l'entrée de votre vallée, et nous attendrons Abimbi.

– Ta présence serait un baume sur mon cœur, et une armure sur ma poitrine, Niagalé. Qu'il en soit ainsi. Nous nous retrouverons demain, dès l'aube.

Et le prince s'en fut, sans plus parler. Ndiédieng, de son côté, rassembla toute sa famille, et partit rapidement rejoindre la grande salle qui dominait le lac Kaneza. Dans le crépuscule, on voyait quelques petits groupes semblables qui convergeaient tous au même endroit: tous les habitants de la vallée se rassemblaient. Bien vite, Niagalé se retrouva seule. Elle aurait voulu marcher, courir, monter les montagnes alentour, crier, pour libérer son esprit de plus en plus tendu, fatiguer son corps tout frémissant comme une gazelle prête à bondir. Mais elle savait bien que ses efforts seraient une fuite inutile. Il lui fallait affronter les peines de sa mission jusqu'au bout, et ce soir la peine de sa mission était de s'allonger, de ne pas trop penser, et de dormir, si c'était possible.

Elle entra dans la case de Ndiédieng, et déplia l'humble natte qui lui avait déjà servi. La nuit était tombée. Un vent léger faisait murmurer la forêt. Niagalé ferma les yeux... Qu'allait-il se passer demain ? Que pourrait-elle faire ? Combien d'aventures avait-elle vécues en si peu de jour... tout avait commencé il y avait une éternité... il y avait quelques jours à peine... Et comment tout avait commencé ? Avec Lokolaka. Elle aurait bien voulu revoir l'oiseau. Peut-être pourrait-il encore l'aider à trouver. Justement, dans un léger bruissement d'ailes, il se posa, à l'entrée de la case. Niagalé lui demanda : - C'est bien toi, Lokolaka ?

Mais l'oiseau ne répondit rien. Il lui fit seulement signe de sortir. Vite, Niagalé se leva de sa natte et passa l'entrée de la petite case. Qu'elle ne fut pas sa surprise de voir la vieille Kitongo, entourée de quelques servantes. Elles la regardaient toutes, en riant. Kitongo s'approcha, et embrassa Niagalé tendrement.

- C'est bien Niagalé, tu as tout fait comme il convenait. Viens avec nous maintenant.

Mais Niagalé ne les suivit pas et marcha en direction de la forêt. Là, elle croisa Ndabaniwe, dans sa gloire et sa beauté retrouvée de reine des termites. Elle s'avançait, suivie de milliers de ses sujets. La reine marchait en sa direction, tout en criant... « Niagalé, Niagalé, où es-tu ? Ne voudras-tu pas me secourir ? Où es-tu Niagalé ? Vas-tu me laisser asservir de nouveau ? Où es-tu Niagalé ? » La petite princesse essaya vainement de crier, de gesticuler, mais Ndabaniwe ne la voyait pas. Elle la dépassa, continuant de crier et de l'appeler. L'impuissance à se faire entendre commençait à plonger Niagalé dans une crainte oppressante. Elle allait suivre, Ndabaniwe, quand elle sursauta : une rude morsure à la cheville l'avait meurtrie. Elle se retourna, et dans la pénombre, vit la vieille Wa Alassa.

– Ah, te voici Wa Alassa. Quel bonheur ! dit la petite princesse, d'une voix précipitée. Il faut que tu m'aides encore. Je dois aider la reine des termites, mais elle ne m'entend plus. Abimbi vient bientôt, il me reste peu de temps.

– Comment connaissez-vous mon nom, jeune demoiselle ? lui répondit la tortue. Nous ne nous sommes jamais vues, je pense. Il me semblait réveiller une jeune femme d'une beauté et d'un courage exceptionnel, mais je vois que je me suis trompée. Pardonnez-moi, et retournez à votre sieste. Tout ira bien pour vous.

Et la tortue fila dans la forêt. Niagalé courut pour la rattraper, mais elle se heurta à un tronc qu'elle n'avait pas vu, étrangement. Elle leva les yeux. C'était le vieux Mworoha. Les yeux fermés, il ronflait dans son sommeil. Mais ses branches s'agitaient dans le vent. Elles s'agitaient beaucoup. Lokolaka se posa sur l'une d'elles, et la secoua. Un fruit alla rouler sur le sol. Il s'était fendu, et Niagalé vit briller une tige d'or. C'était une clef, elle en était sûre. Une autre clef, qui lui permettrait d'ouvrir cette porte qui la maintenait éloignée de tous ses amis. Niagalé prit le fruit dans sa main, et l'ouvrit en deux. Effectivement, il contenait une jolie clef d'or. Mais c'était une clef étrange : elle bougeait. Elle grandissait. Bientôt la clef se mit à siffler doucement… Niagalé posa le fruit à terre ; un beau serpent d'or en sortit. Il n'était pas très grand, et il avait un étrange sourire, apaisant. Viens Niagalé, dit le serpent. Allons au bord du lac Ngolaza. Je suis la clef qui te permettra de résoudre toutes les énigmes qui inquiètent ton cœur. Et le serpent la précéda tranquillement. Niagalé le suivit, et bientôt ils aboutirent au lac Ngolaza, dont les eaux rouge feu brillaient sous le soleil. Là, le serpent doré guida la petite princesse sur un promontoire qui surplombait le lac. Quelle ne fut pas sa surprise de voir le prince Mutobaruko qui l'attendait, assis tranquillement. Il se leva dès qu'elle approcha, en souriant, et la prit dans ses bras. Tout va bien aller maintenant, Niagalé, lui dit-il. Viens avec moi, tu n'as plus rien à craindre. Viens, nous allons danser. Niagalé était si contente de danser avec son prince... et puis, au bout de quelques instants, le serpent doré s'approcha. Viens danser avec nous, serpent, lui dit Mutobaruko. Et le serpent les rejoignit. Niagalé aurait voulu rester seule avec le prince des Mwajis-Bambaras, mais maintenant le serpent faisait une ronde avec eux. Puis, Lièvre et Hyène s'approchèrent. Venez danser avec nous, dit Mutobaruko. Puis la vieille Kitongo les rejoignit. Puis un guerrier Lubas. La ronde tournait de plus en plus vite. Tous se mirent à chanter : Niagalé, Niagalé, tu ne t'es pas réveillée. Et au-dessus d'eux, Lokolaka volait en répétant les mêmes paroles : Niagalé, Niagalé, tu ne t'es pas réveillée. Soudain, la ronde s'arrêta, et tous firent face à Niagalé ; ils la poussèrent, et elle tomba dans les eaux rouges du lac Ngolaza. En tombant, la petite princesse les entendit rire, et Mutobaruko continuait de chanter : « Niagalé, Niagalé, tu ne t'es pas réveillée. »

Niagalé ouvrit les yeux. Il faisait encore nuit noire. Elle avait dû s'assoupir un bon moment. Elle était trempée de sueur, toute haletante. Elle s'assit un moment pour reprendre ses esprits, puis elle sortit. La lune teintait d'argent tout le paysage, la vallée semblait calme, et Niagalé marcha quelques instants. Elle était triste et confuse. Quelque chose n'allait pas du tout, elle se trompait, elle en était sûre maintenant. Mais où se trompait-elle ? La clef pendait toujours à son cou, lourde et presque chaude au toucher. Au cœur de cette nuit, elle avait l'impression de voir clair : elle n'avait pas encore trouvé la porte, Mutobaruko s'était trompé. Mais alors où était cette porte ? Comment était-elle supposée trouver le moyen de vaincre Abimbi ? Elle était à la fois découragée et en colère, et elle se mit à crier intérieurement : « Mes ennemis étaient les Lubas et le roi Serpent, et ils étaient déjà bien trop forts pour moi. Et ceux qui se prétendent mes amis, voici maintenant qu'ils me lâchent. Ndabaniwe et ses promesses ; Mworoha et ses énigmes ; Wa Alassa qui se montre incapable de les résoudre ; Mutobaruko qui pense tout comprendre et se croit fort et qui se précipite droit sur les crocs à venin du serpent. Tous, autant qu'ils sont, ils me laissent seule, seule avec cette mission impossible à porter. Et moi je ne trouve rien, je ne sais rien, et je ne suis capable de rien. Et je ne puis fuir nulle part. Dans quelques heures, Abimbi sera là, et il me dévorera si toutefois il lui reste assez de bonté pour en finir rapidement avec moi. Peut-être que ce sera bien pire. Et ensuite le prince et tous ses gens seront tués. Puis ce sera le tour de Wa Alassa. Puis tout sera fini ici, et ailleurs sans doute. Tous les efforts qu'on m'a imposés n'auront servi à rien, à rien, à rien. »

Elle posa son front contre le tronc d'un grand kad, à l'entrée de la cour. Puis soudain, elle se mit à crier et à frapper l'arbre de ses mains, sanglotant de colère et de désespoir. Au bout d'un moment elle s'assit et pleura dans ses mains, longuement, longuement, s'abandonnant à de sombres pensées. Mieux valait sauter dans le lac Kaneza, et en finir rapidement, plutôt que d'affronter encore l'horreur du roi Serpent pour une fin déjà connue. Toute sa vie était un échec, depuis le début. Elle s'allongea contre le sol, le frappant de ses poings. Tout était fini. Tout était fini.

C'est au pied de l'arbre qu'elle se réveilla. L'aurore teintait à peine le ciel ; une main la secouait doucement.

– Éveille-toi, princesse.

C'était Mutobaruko. Niagalé se leva ; son visage était barbouillé de larmes et de poussière, elle chercha à l'essuyer.

– Tu peux te laver à la rivière, juste au-dessus de nous. Je t'attends.

Niagalé apprécia que Mutobaruko ne lui demande rien. Elle ne voulait pas lui parler de sa crise de désespoir. Elle avait bien vu que le visage du prince des Mwajis-Bambaras était tendu et douloureux. Il avait dû passer une nuit terrible, lui aussi. Et comment pouvait-il en être autrement ? Un mince filet d'eau jaillissait du rocher, et emplissait une grande vasque de pierre, dans laquelle Niagalé se plongea un instant. Puis elle se rhabilla, et rejoignit le prince. Il attendait, debout, appuyé sur une grande sagaie. Il était presque nu, un simple morceau de tissu autour des hanches. À son côté luisait un grand couteau, à la lame noire. Il était fort et calme, et Niagalé aurait bien voulu le regarder, l'admirer et se confier à lui. Mais en vérité, qui était-il face au roi Serpent ? Que pourrait-il contre lui ? Les mots peinaient à sortir de sa gorge, mais elle ne pouvait pas se taire. Elle s'approcha. Il lui sourit.

– Tu es belle, Niagalé, et je suis heureux que tu existes. C'est un immense réconfort aujourd'hui.

Mais Niagalé ne prêta aucune attention à ses paroles.

– Mutobaruko, je dois te parler.

Je crois deviner ce que tu vas me dire, Niagalé, mais je t'écouterai jusqu'au bout.

– Tu ne peux lutter contre Abimbi. Il est trop fort pour toi. Et je ne crois pas encore avoir trouvé la porte que ma clef doit ouvrir. Quelque chose manque. Quelque chose ne va pas. Tu ne le vaincras pas. Non, quelque chose ne va pas.

Le visage du prince de la Vallée des Trois Lacs s'assombrit.

– Niagalé... j'ai bien médité, et je t'avais parlé de ma certitude. Je sais que je suis la porte de cette vallée. Ne me crois-tu pas ? Je sais que j'affronterai Abimbi. N'as-tu pas, au moins, un peu d'espoir en ma victoire ?

– Je te crois, prince Mutobaruko. Je te crois et j'ai une grande confiance en toi. Je me suis sentie en sécurité chez toi plus que n'importe où ailleurs depuis que j'ai fui Namuzungo. Mais, je ne puis te mentir. Cette nuit, des certitudes se sont frayé un chemin dans mon cœur. Elles ne sont pas encore claires. Mais elles sont bien fermes pourtant. Tu t'es trompé en pensant que tu étais la porte que je devais ouvrir. Je me suis trompée en t'écoutant. Je ne comprends pas, mais je sens que quelque chose ne va pas.

– Je t'entends Niagalé, lui répondit Mutobaruko. Je t'entends, mais je ne puis t'écouter. Je ne puis changer ma décision sur de simples impressions.

Sa voix s'affermit et se durcit. Une flamme s'alluma en son regard.

– Je suis le gardien légitime de cette vallée. J'ai été institué par mon père, et son père avant lui, et ainsi depuis des générations. Nul ne rentre ici sans passer par moi. Je suis la porte de cette vallée. Tu l'as ouverte dès l'instant où je t'ai vue. Alors j'ai compris mon destin, Niagalé. Je ne me suis pas trompé. Je lutterai pour mon peuple, je lutterai pour toi. Et tu ne me détourneras pas de mon dessein. Je vivrai mon épreuve, jusqu'au bout, comme l'ont fait tous mes ancêtres. Je voudrais que tu viennes avec moi. Mais je ne te forcerai pas. Je me suis préparé toute ma vie pour ce moment. Je suis prêt. Et si tu n'as pas confiance en ma force ou mon courage, je ne te contredirai pas ; si tu ne me crois pas capable de ce combat, je ne lutterai pas contre toi ; je ne ferai rien d'autre que souffrir. Mais maintenant je te demande de garder le silence. Je suis prince de cette vallée, et j'en ai le droit. Tes paroles me blessent plus qu'une arme d'acier. Et nous perdons du temps. Abimbi sera bientôt là. Tu pourras parler lorsque tout sera fini. Maintenant je m'en vais.

Mutobaroko se tourna résolument vers l'ouest, et partit d'un pas ferme vers la gorge de la Rusiza. Niagalé le suivit des yeux, demeurant debout un instant. Elle était si triste de l'avoir fait souffrir. Elle était triste et douloureuse aussi de ce qu'il ne la croie pas, de ce qu'il considère comme peu de choses les certitudes de son cœur de jeune femme. Elle fit pourtant un grand effort pour ne pas se laisser envahir par de sombres sentiments ; elle voyait bien ce qu'il fallait faire, pour l'instant : suivre Mutobaruko. Alors, en restant à bonne distance, elle lui emboîta le pas. Et au bout d'une heure de marche silencieuse, dans les forêts et les prairies désertes de la Vallée des Trois Lacs, ils parvinrent à l'entrée. Le jour se levait ; ils n'avaient pas croisé un seul animal, ni une seule personne. La vallée semblait morte. Niagalé escalada vivement l'éperon rose qui semblait garder l'entrée de la vallée : de là, pensa-t-elle, elle pourrait tout voir, et peut-être méditer encore sur les mystérieuses paroles de Mworoha, sur l'énigme de la porte. Mais elle n'en eut pas le temps : de la gorge de pierre où s'engouffrait la Rusiza, une épouvantable odeur montait, odeur qu'elle ne connaissait que trop bien. Et l'eau se mit à bouillonner et à refluer, comme si elle refusait de couler : le roi Serpent entrait dans la Vallée des Trois Lacs.

Le Serpent approche

Quand Abimbi comprit que Niagalé s'était échappée dans les flots souterrains de l'Uzungo, après avoir libéré Ndabaniwe, son antique ennemie, il eut soin de montrer sa puissance et sa cruauté à toute la ville de Namuzungo. Il exigea d'abord qu'on lui livre dix jeunes filles Lubas, pour le prix de celle qui s'était échappée, et elles disparurent à jamais dans les profondeurs de sa demeure. Ensuite il fit convoquer les chefs de l'armée : les plus braves d'entre eux pouvaient se tenir assez près de son palais pour entendre ses ordres. Il fit envoyer la moitié des soldats de la ville à la recherche de Niagalé, et imposa à l'autre moitié de garder toutes les portes de la capitale, de peur qu'elle ne se vide de ses habitants. Puis il se réfugia dans sa demeure souterraine, et il enroula ses longs anneaux, se lovant dans son désarroi.

Jamais depuis longtemps, depuis un temps dont il ne se souvenait même plus, jamais on ne lui avait ainsi résisté ; jamais ses proies ne lui avaient échappé. Il se demandait quelle pouvait être la force de celle qu'il avait convoitée et qu'il n'avait pas pu posséder : comment avait-elle eu le courage de descendre seule jusque dans son antre ? Personne ne l'avait fait jusqu'à présent. Comment avait-elle eu la force de résister à son pouvoir de séduction, par lequel il avait trompé tant et tant de ces stupides humains ? Comment avait-elle pu lui faire perdre ses charmes en le privant de ses tuniques de peau que les termites lui offraient chaque année ? Maintenant sa vraie nature était révélée à tous les sujets de son empire... Un ennemi aussi fort que lui s'était-il dressé ? Non, certes non. Il avait bien deviné que la reine des termites avait dû aider Niagalé. Mais son antique ennemie Ndabaniwe trouverait-elle le moyen de lui nuire à nouveau ? Probablement pas. Elle avait certainement rejoint son peuple et si elle avait aidé son ennemie, c'était seulement le prix de sa libération, bien sûr.

Abimbi était un serpent. Sa sagesse était celle de la malice et du mensonge. Au fond il ne connaissait que trois chemins : attaquer, rester immobile et attendre, ou fuir. Et tous ses sens, toute son intelligence lui permettait de choisir l'un de ces trois chemins avec une subtilité pleine de malice. Mais il ne pouvait choisir qu'une de ces trois voies. Il n'avait rien à attaquer pour l'instant : ses soldats cherchaient son ennemie, celle que maintenant il détestait tout en la convoitant plus que jamais. Fuir n'était certainement pas nécessaire : il avait bien senti l'odeur de la terreur chez Niagalé, cette odeur qu'il aimait tant, comme tous les prédateurs. Niagalé avait pu lui échapper, mais elle le craignait infiniment, il n'y avait sans doute aucun danger qui viendrait d'elle. Comment trouver et détruire son ennemie ? Comment lui ôter toute possibilité de lui résister ? Comment conforter à jamais son pouvoir ? Toutes ces questions qu'il tournait et retournait n'avaient aucune réponse, pour l'instant. Alors il fallait rester immobile et attendre, attendre du nouveau. Attendre que sa proie passe à sa portée. Il se glissa donc dans le plus profond de son repaire, et cachant sa tête en ses anneaux, il se mit à l'affût.

Et bientôt, il y eut du nouveau. Le surlendemain, des cris à l'entrée de son repaire le sortirent de ses méditations. Il rampa jusqu'à l'entrée de son palais où deux des généraux les plus braves parmi les Lubas l'attendaient et lui racontèrent comment Niagalé avait été vue, sur le dos d'une tortue, tout près de la ville. Comment elle avait échappé, et comment elle le défiait maintenant, le convoquant à la Vallée des Trois Lacs. Abimbi les questionna, mais il n'y avait rien à savoir de plus. La rage le saisit un moment, et il renvoya ses soldats, pour qu'ils trouvent et ramènent la princesse, et retourna méditer dans son refuge.

Mais bientôt, une sombre joie le saisit. Il y voyait clair... Maintenant elle ne le fuyait plus, mais elle le provoquait... son ennemie était devenue folle, folle d'orgueil très certainement. Elle voulait pour elle le royaume des Lubas et ses richesses, c'était évident. L'avidité des humains causait toujours leur perte. Elle avait eu de la chance pour lui échapper, mais elle n'en aurait aucune pour l'affronter et le vaincre. Il n'existait pas de créature capable de lutter contre le roi Serpent, moins maintenant que jamais. Car son venin devenait plus mortel à mesure que sa haine grandissait ; et à présent, il se sentait bouillonnant de flots de liquide mortel. Ses crocs poussaient comme ils ne l'avaient jamais fait depuis bien longtemps. Rien ne pourrait plus lui résister. Et ce n'était pas seulement ses crochets à venin qui devenaient plus redoutables à chaque instant, sa langue aussi se chargeait de poison. Abimbi s'était attristé un moment d'avoir perdu son pouvoir de séduction. Mais sa langue et son esprit avaient grandi dans l'art du mensonge ; il se sentait et se savait invincible, plus que jamais. Niagalé avait bien pu lui échapper. Mais quels que soient les secours dont elle avait bénéficié, elle ne pourrait l'affronter. Elle l'attendait dans la Vallée des Trois Lacs ; eh bien il irait la chercher. Cependant, il lui fallait d'abord tirer vengeance des habitants de Namuzungo. Ils l'avaient vu lui, le roi Serpent, tenu en échec par une jeune fille ; ils devaient disparaître pour cela.

Au milieu de la nuit, il se coula au dehors de son palais, glissant silencieusement dans les rues de la ville. Tous s'étaient terrés au plus profond de leurs maisons, glacés d'horreur par le parfum de haine et de violence que répandait leur tyran. Mais Abimbi se contenta de parcourir toute la cité en sifflant doucement. Aucun mot ne fut prononcé. Et sans que quiconque pût s'en apercevoir, sa langue de serpent distillait le mensonge, insinuant la peur et la haine dans le cœur de tous les Lubas : les pères crurent que leurs fils allaient les dépouiller, les épouses se révoltèrent contre la tyrannie de leurs maris, les filles voulurent secouer l'oppression des mères ; les soldats se surent trahis de leurs officiers, les officiers voulurent régner sur la cité ; tous les hommes de guerre surent que les paysans ne les nourriraient plus, paysans et artisans surent que les soldats allaient piller leurs biens et leurs familles. Les Lubas s'étaient abandonnés à la lâcheté et à la convoitise depuis trop longtemps pour pouvoir résister aux pièges du roi Serpent. Durant de longues heures, les tromperies d'Abimbi firent leur œuvre silencieuse dans les cœurs des habitants de Namuzungo. Et au soir du second jour, leurs fruits noirs commencèrent à paraître : l'union des Lubas dans la recherche de la richesse et de la domination de leurs ennemis ne fut plus, et tout le peuple se déchira.

Les soldats tirèrent leur épée les uns contre les autres, artisans et paysans transformèrent leurs instruments en armes, les enfants mirent le feu aux demeures de leurs parents, les parents préparèrent l'assassinat de leurs propres enfants, les épouses empoisonnèrent leurs maris. Et durant la nuit, tandis qu'une folie meurtrière s'était emparée de la ville, Abimbi sortit de son repaire et quitta Namuzungo en flamme, au milieu du fracas de la guerre de tous contre tous. Il contempla son œuvre avec satisfaction : la ville et tout le peuple ne seraient plus au matin ; quelques sifflements avaient suffi pour corrompre définitivement le cœur des hommes. Puis, heureux de sa puissance, il s'en fut tranquillement vers la Vallée des Trois Lacs. Il ne se pressa pas. Niagalé l'avait convoqué, il serait là à l'heure dite, et pas avant. Il sentait déjà la joie du fauve qui joue avec sa proie : elle pouvait bien fanfaronner, elle ne lui échapperait pas. Bientôt, il rampa dans le cours de la Rusiza, rendue empoisonnée par ses écailles. Le pays de Musongati se vida de ses habitants, terrifiés par l'arrivée du roi Serpent. Puis dans la nuit, Abimbi se faufila dans la gorge qui accédait à la Vallée des Trois Lacs, sans hâte. Le matin était proche, l'heure de sa vengeance avait sonné.

Le dernier combat

La lumière inonda la Vallée des Trois Lacs; le dernier matin s'était bien levé. Du haut de son promontoire, Niagalé vit Mutobaruko se poster à l'entrée de la vallée, sa lance et son bouclier à la main. Il était prêt, et l'odeur empoisonnée du Serpent ne le fit pas fléchir. De son côté, Abimbi s'avançait sans hâte, sûr de sa victoire. Il sortit lentement la tête de la gorge de la Rusiza, et vit immédiatement le prince des Mwajis-Bambaras, debout en face de lui. Il considéra tranquillement les lieux et aperçut également Niagalé, sur son rocher: il vit bien ses yeux écarquillés par la crainte, mais une crainte qui n'était pas la terreur de son pouvoir à lui. Et de ses narines, il pouvait flairer son parfum, un parfum qui n'était pas non plus celui de la proie devant le fauve qui la dévorera. Il regarda encore le jeune prince, si brave et si beau dans son attitude guerrière, l'un des rares hommes à ne pas fuir en sa présence. Et avec une joie mauvaise, il devina quelque chose de la vérité. Mais Mutobaruko s'approcha encore et le défia:

- Tu n'as aucun droit d'entrer dans cette vallée.

- Et qui es-tu pour t'adresser à moi de la sorte, siffla le roi Serpent?

- Je suis Mutobaruko, prince des Mwajis-Bambaras, seigneur de cette vallée. J'en autorise l'accès à qui me semble bon. Les étrangers qui entrent ici sans mon autorisation sont passibles de mort.

Abimbi s'approchait lentement et se redressait. Il était déjà presque au-dessus du prince.

- Et moi je suis Abimbi, le roi Serpent. Je suis venu ici pour récupérer mon bien. As-tu quelque chose à dire contre cela ?

- Rien ici ne t'appartient.

- Niagalé m'appartient parce que je l'ai voulue pour moi, dit le roi Serpent.

Maintenant il tournait autour de Mutobaroko, l'entourant de ses immenses anneaux. Mais le prince restait sans crainte.

- Elle est sous ma protection et tu ne l'approcheras pas.

Alors Abimbi redressa la tête et cria vers Niagalé :

- Tu t'es choisi un brave, un brave pour te servir. Il mourra par ta faute.

Et soudain il fondit sur le prince, ses crocs à venin tendus en avant. Mais Mutobaruko avait profité de l'instant d'inattention de son adversaire pour sauter en arrière, sur le corps visqueux du reptile ; la plante de ses pieds lui brûla au contact des écailles empoisonnées, mais d'un bond, il put échapper aux anneaux qui l'enserraient, et il frappa de sa sagaie, contre la partie du corps qui traînait à terre. Le Serpent poussa un grand hurlement, et une goutte de sang noir perla au bout de la lance. Niagalé avait crié, toute frémissante de crainte. Tout était allé si vite, en un instant. Et maintenant elle avait entendu ce cri, le cri de douleur d'Abimbi. Elle se prit à espérer : le Serpent n'était peut-être pas invincible. Mutobaruko était peut-être vraiment celui qui débarrasserait le monde de ce fléau.

Une seconde fois, le Serpent s'approcha pour frapper le prince des Mwajis -Bambaras. Ce dernier, en tournant autour de son ennemi de toute sa vitesse, parvint à portée d'un anneau du long corps visqueux et le frappa à nouveau de sa lance. Un peu de sang coula à nouveau. Niagalé espérait encore, bien qu'elle vît distinctement que Mutobaruko ne pourrait pas courir longtemps ainsi. Mais ses illusions ne durèrent qu'un bref moment. Le roi Serpent cracha son venin; le prince eut à peine le temps de se couvrir la tête de son bouclier. Il recula de trois pas. Mais déjà, le Serpent déployait son long corps, froid et vif, et il entourait à nouveau le prince. Mais cette fois-ci, Abimbi ne le dominait plus. Il préparait une attaque bien plus rapide et violente en repliant son corps, comme un arc prêt à se détendre. Le cuir du bouclier se perçait déjà, sous le contact du poison. Le reptile ne quittait plus des yeux sa proie.

Et Niagalé vit tout de suite que la troisième attaque serait la bonne. Mutobaruko attendait bravement, la lance levée; il parviendrait peut-être à blesser de nouveau son adversaire, mais rien de plus. De son côté aussi, Mutobaruko savait que sa dernière heure était venue. Il pouvait en être ainsi dans le combat du prince des Mwajis-Bambaras, beaucoup de ses ancêtres étaient morts dans la grande lutte de leur vie. Pourtant, c'était en remplissant leur mission qu'ils disparaissaient. Et Mutobaruko sentait confusément que sa mission n'était pas de vaincre le roi Serpent. Sa fierté résistait. Il était le descendant d'une lignée glorieuse, d'une lignée où chaque prince avait protégé son peuple avec son courage, sa force et sa sagesse, seul en face du danger. Il devait être digne de sa race. Il était fort, courageux et sage. Et c'est avec sa richesse qu'il avait voulu affronter le roi Serpent, lui aussi, seul devant son destin. Mais là n'était pas son vrai combat. Sa dignité de prince et de guerrier l'avait empêché de voir.

Mais soudain, sa véritable mission, son véritable combat lui apparut. Et il ne se déroba pas. Comme le Serpent s'apprêtait à mordre, Mutobaruko emplit ses poumons, et cria de toutes ses forces : « Niagalé, au secours ». C'était le cri de l'humilité, et c'était là son combat. Il ne sauverait pas son peuple de sa force à lui, mais en demandant de l'aide, ce que nul n'avait fait avant lui. Abimbi rit en l'entendant.

– Alors grand guerrier. On appelle une femme à l'aide maintenant ? Où est passé ton courage ? Es-tu si lâche que tu voudrais que je dévore Niagalé à ta place ?

Mais sans lui prêter attention, Mutobaburko cria plus fort :

– À l'aide, princesse !

Alors Niagalé sut. Elle était restée indécise jusque-là, trompée par ses espoirs et par ses craintes. Mais en une fraction de seconde, elle sut qu'il n'y avait rien à espérer : Mutobaruko qui était le plus brave des braves n'allait pas tenir plus d'une minute contre le roi Serpent. Nul ne pourrait jamais le vaincre. Puisqu'il n'y avait plus rien à attendre, il n'y avait plus rien à craindre non plus, le pire était déjà là. Et elle sut aussi quelle était sa place à elle. La vérité put briller au cœur de la princesse, sans plus d'obstacle ; elle comprit : la porte, c'était elle, rien d'autre ni personne d'autre. Alors, tirant la clef d'un coup sec, elle brisa le lacet de cuir qui la reliait à son cou ; puis elle l'avala. Elle eut l'impression d'abord de boire du feu, et sa gorge brûla atrocement. Puis ses entrailles s'emplirent d'amertume. Mais sa bouche devint douce comme le miel, son esprit clair, et son cœur inébranlable. Elle savait ce qui lui restait à faire. Alors que le roi Serpent allait frapper, elle l'appela :

– Abimbi !

La voix de Niagalé avait changé. Elle avait toujours été douce et paisible ; mais maintenant, elle était devenue céleste : plus claire qu'une source au milieu du désert, plus riche que la musique du vent dans mille arbres, plus forte que l'éclair. Le prince et le roi Serpent oublièrent soudain leur combat et s'arrêtèrent net, comme pétrifiés. Ils levèrent les yeux et ils virent : Niagalé resplendissait comme le soleil, plus belle qu'elle n'avait jamais été. Elle brillait à nouveau de la gloire du monde en son enfance. Elle marchait paisiblement, se dirigeant vers le lac Ngolaza. Le cœur du prince se glaça. Oui, il ne s'était pas trompé, ce serait bien Niagalé et elle seule qui pourrait détruire le roi Serpent. Mais à quel prix, pensa-t-il ? Abimbi, rampait déjà vers elle, à une vitesse effrayante. Tout en continuant son chemin, Niagalé continuait de parler au Serpent.

– Ta force est trop grande, Abimbi, je sais que nul ne peut te vaincre, et moi moins que nul autre.

Le cœur noir du roi Serpent était transpercé de mille sentiments contradictoires : la splendeur de Niagalé l'emplissait d'une convoitise furieuse, de mépris, de haine et de jalousie. Il lui fallait dévorer cette beauté, afin qu'elle soit à lui pour toujours, la détruire afin qu'elle ne lui porte plus ombrage, la souiller parce que jamais il ne pourrait approcher cette splendeur. Il voulait également punir Niagalé d'avoir osé contester un instant sa puissance. Mais en voyant aussi son ennemie confesser ainsi sa faiblesse, une sombre joie lui emplit le cœur. Oui, il était plus fort qu'elle, oui, rien ni personne ne pouvait vaincre Abimbi, le roi Serpent. Elle l'avait défié, et elle devait payer son audace. Elle devait sentir et reconnaître encore et encore que nul n'était plus fort que lui. Elle devait vivre pour lui donner et redonner ce plaisir sans pareil : celui de se sentir et de se voir. Le prince Mutobaruko courait pour essayer de rattraper le roi Serpent, mais ce dernier ne se retourna même pas. Détendant soudain son corps hideux, il fouetta les jambes du guerrier de sa queue. Le prince hurla de douleur et s'effondra, les genoux brisés. Et Abimbi continua de s'approcher de la petite princesse, dont la voix semblait emplir la vallée :

– La terre entière est en ton pouvoir, Abimbi. Tu es prince de ce monde.

Niagalé était comme nimbée de lumière, et une nuée de papillons apparut soudain, couronnant sa tête. Les arbres qui longeaient son chemin se courbèrent, s'inclinant à ses pieds ; les pierres s'écartèrent pour ne pas la blesser. Un parfum enchanteur couvrit la puanteur du reptile, comme si des montagnes de fleurs avaient soudain poussé autour d'elle.

– Je suis Niagalé, reine de la création et je m'avoue vaincue.

Niagalé était arrivée au bord du lac rouge. Derrière elle, au bas des berges abruptes, il y avait un long pont de pierre, qui s'avançait au-dessus des profondeurs du lac. À l'extrémité, un énorme rocher de forme circulaire, parfaitement lisse, était percé en son milieu, afin de permettre à qui le voulait de contempler son reflet dans les eaux rouges du lac. Nul n'avait marché sur ce pont depuis très longtemps. Niagalé se plaça juste à côté du pont... Abimbi arrivait. De son côté, le prince Mutobaruko rampait désespérément, aussi vite qu'il le pouvait, mais c'est de loin qu'il assista au dénouement, impuissant.

Abimbi s'était redressé, et il dominait maintenant la petite princesse ; celle-ci se retourna, le regardant droit dans les yeux, sans crainte. Elle savait ce qui était à faire. Elle tendit son bras droit, fixant toujours les yeux jaunes du roi Serpent. Abimbi restait immobile, savourant son triomphe à venir ; rien ne se passa pendant un long moment. Et puis soudain, il élança sa tête hideuse en avant ; Niagalé n'essaya même pas de reculer, les crocs à venin lui transpercèrent le bras et elle hurla de douleur. Le roi Serpent s'était à nouveau redressé, il la toisait de haut. Puis il siffla haineusement.

- Voici maintenant pour toi, reine de la création. Tu m'as donné rendez-vous dans cette vallée, et je suis venu. Qu'espérais-tu ? Tu n'as pas été capable de me résister une seule seconde, et ton petit prince guerrier non plus.

Niagalé pouvait à peine parler. Sa vue se brouillait, mais ses idées restaient bien claires. Elle savait que sa mission n'était pas encore achevée, pas tout à fait. Le Serpent était satisfait : il regarda un moment sa proie, son visage tendu par la douleur. Il avait mis sa marque sur Niagalé. Puis il reprit ses sifflements rageurs.

- Maintenant tu es à moi. Tu mourras mais lentement, très lentement, et tu auras tout le temps de contempler la naissance de mon empire. Je commencerai par détruire cette vallée, et par tuer le prince sous tes yeux. Je t'emmènerai où il me plaît, chaque jour. Je te commanderai, chaque jour, et tu m'obéiras en tout. Et puis quand j'en aurai assez, je te dévorerai ; mais pas maintenant.

La petite princesse était blessée à mort, mais elle brillait encore. Et sa voix avait gardé toute sa force et son indicible douceur. Dans un dernier effort, elle se mit à parler.

– Oui je suis en ton pouvoir Abimbi. Je le savais depuis longtemps. Je connaissais déjà l'étendue de ta puissance ; et je devine ton avenir, roi Abimbi, je le connais déjà. J'étais reine de la création et tu l'as emporté sur moi. J'étais reine de la création, et j'ai vu que ma puissance n'approcherait jamais la tienne. J'étais la seule qui ai jamais pu te résister, et maintenant je suis vaincue. Il n'est plus d'obstacle à ta force. Tu seras roi du monde.

La vallée entière semblait faire silence et tendre l'oreille. Le roi Serpent écoutait attentivement, comme captivé par la voix de la petite princesse.

– Va, va sur le lac Ngolaza, le lac de l'avenir. Va sur la terrasse du futur. Là tu te verras dans les jours qui ne sont pas encore. Là tu connaîtras ta glorieuse destinée. Va pour te voir comme je te vois, dans ton invincible puissance.

Abimbi ne bougeait pas. Chacun des mots de Niagalé entrait au plus profond de son être, le charmait, l'hypnotisait. Et dans son orgueil, le roi Serpent écouta. Il avait tant de joie à sentir sa force et sa supériorité en Niagalé. Elle était le plus pur miroir où il s'était jamais miré, où il s'était jamais goûté. Et voici que maintenant, il pouvait se contempler lui-même, dans son propre avenir. Sa puissance avait encore grandi, nul ne pouvait le vaincre ; il le savait et l'avait montré. Et désormais il pouvait jouir de lui-même, se repaître de sa propre gloire. Niagalé ne comptait plus pour l'instant. Il rampa vers le lac Ngolaza, tout proche. Il s'avança, et il plongea les yeux dans les flots pourpres. Et il se regarda.

Il ne vit d'abord que sa tête de reptile, énorme et haineuse. Et puis progressivement, des flammes dansèrent dans les reflets, et la vision changea. Abimbi vit la Vallée des Trois Lacs. Ses villages étaient en feu, des hommes et des femmes couraient en tous sens tandis que lui trônait tout en haut de la montagne, crachant un venin qui enflammait tout ce qu'il atteignait. Puis la vision sembla grandir, et Abimbi se vit en train de ramper dans une immense forêt, et parvenir à une clairière perdue. Là les rois de toutes les races animales vinrent se prosterner devant lui, et lui offrir en présent leurs plus précieuses richesses. Et lui, le roi Serpent, était plus grand, plus terrible et plus puissant encore qu'il ne l'avait jamais été.

Puis la forêt prit feu, et l'on vit une foule d'animaux fuyant éperdument, au milieu des rires et des sifflements moqueurs du grand Serpent qui avait trahi tous ses vassaux et maintenant les réduisait à néant. Puis Abimbi se vit lui-même à nouveau, mais immense, siégeant sur un trône d'or, une couronne impériale sur la tête. Des foules de jeunes esclaves lui étaient livrées chaque jour, et les rois de toute l'Afrique lui offraient leurs enfants pour avoir la vie sauve. Des armées innombrables obéissaient à chacun de ses sifflements et allaient semer la terreur, à moins que lui-même ne réduise en poussière ceux qui lui plaisaient. Et puis Abimbi vit un nouveau trône, tout en haut d'une immense montagne. De là, la terre entière semblait s'étendre à ses pieds. Partout, ce n'était que ruines, feux, cris de détresses et cris de guerre. Un seul de ses mots faisait trembler des foules, un seul de ses mensonges pouvait précipiter un royaume dans la guerre civile et la destruction.

La vision grandit encore, et Abimbi ne vit plus que lui, seul, au milieu d'un désert noir. Il était devenu énorme et effrayant, ses yeux étaient comme deux globes de feu, sa langue comme un éclair, et ses cris glaçaient de terreur. La vision semblait chercher quelque chose ou quelqu'un, sans trouver. Il n'y avait pourtant plus rien à détruire, plus rien à souiller, plus rien à dévorer. Mais la vision cherchait, cherchait encore. Il restait quelque chose à dévorer, à tuer. Et puis soudain, elle tourna les yeux vers lui, Abimbi, qui regardait dans l'eau, fasciné. Les yeux du Serpent saisirent les yeux du Serpent et ne les lâchèrent plus. Abimbi se contemplait, oui, dans toute sa sombre gloire. Il avait haï et tué tout ce qui était autre, et maintenant il se haïssait lui-même. Il rassembla toutes ses forces pour se détruire. Des profondeurs du lac Ngolaza une tête de serpent gigantesque sembla monter et dévorer Abimbi qui gardait les yeux fixés sur son propre reflet.

Alors les eaux du lac se mirent à bouillonner furieusement. Le ponton et la grande pierre ronde s'effondrèrent et on entendit deux grands cris, semblables et pourtant bien distincts : le cri d'Abimbi au présent et celui de son avenir maudit, plus puissant et plus haineux encore. Les montagnes alentour résonnèrent longtemps aux accents de désespoir de ces hurlements, et leurs pentes semblèrent s'ébouler tout entières, droit vers le lac rouge. Les eaux, les pierres et le corps du Serpent furent aspirés dans un gigantesque tourbillon, jusqu'à ce que le lac s'effondre sur lui-même, dans un fracas assourdissant. Et puis il n'y eut plus rien, rien que le bruit de la rivière Rusiza qui coulait, se frayant un nouveau chemin pour contourner le chaos de rochers qui s'élevait là où un instant auparavant s'étendaient les eaux rouge sang du lac Ngolaza. Niagalé avait survécu jusqu'à l'engloutissement du roi Serpent. Elle ne souffrait plus. Dans un soupir, elle ferma les yeux, et un nuage passa devant le soleil.

Les enfants de Niagalé

Ce fut Wa Alassa qui ramena Niagalé et Mutobaruko auprès du lac Kaneza, où le peuple de la Vallée attendait. La vieille tortue s'était éveillée aux derniers cris d'Abimbi.

– Niagalé a réussi, avait-elle dit simplement.

Et elle avait accouru. La petite princesse était étendue, sans vie, sur ce qui était auparavant la berge du lac. En mangeant la clef d'or donnée par Mworoha, elle s'était comme consumée. Elle avait fait tout ce qui convenait, elle avait donné tout ce qu'elle avait à donner et elle mourut ainsi, comme un feu qui s'éteint quand il n'a plus rien à brûler. Son corps gisait sur l'herbe. La vieille tortue la fit glisser sur son dos, puis elle s'en fut chercher également le prince de la Vallée. Il rampait toujours, en pleurant. Ses genoux étaient irrémédiablement brisés, et ses pieds s'étaient brûlés au contact de la peau du roi Serpent. Wa Alassa le prit délicatement dans son bec, et le jeta sur sa carapace. Puis elle s'en fut vers le peuple de la Vallée qui attendait autour de Ndiédieng.

– Le roi Serpent n'est plus, leur annonça-t-elle. Niagalé a eu raison de lui. Elle est morte dans son combat.

– Elle devait être notre souveraine, dit Ndiédieng. Nous porterons à jamais son nom. Et qu'adviendra-t-il de mon frère?

– Il vivra, répondit Wa Alassa. Mais il ne marchera jamais plus.

Ndiédieng soigna son frère, et prépara son peuple pour les adieux à la petite reine. Wa Alassa voulut qu'on laissât son corps dans les eaux du lac Mwijiza. Et ainsi fut fait. Mutobaruko était assis sur le dos de la vieille tortue. Il pleurait silencieusement. Tout le peuple de la Vallée des Trois Lacs était rassemblé. Ndiédieng, ainsi que trois autres femmes, portaient le corps de Niagalé. Elle semblait plus belle que jamais. Wa Alassa avait attaché la pierre bleue à son front, Ndokh Malamu, qui brillait, resplendissante. Les femmes s'avancèrent en silence, sur un rocher qui surplombait le lac, et elles laissèrent le corps glisser doucement dans l'eau. Les berges étaient abruptes, les eaux profondes, et le corps de Niagalé s'enfonça sans bruit. Dès que la pierre toucha les eaux du lac, elles se mirent à bouillonner, et semblèrent gonfler. La rivière coula, plus abondante, plus limpide que jamais. Alors Wa Alassa cria :

– Niagalé est morte pour que le présent reste vert comme une forêt accueillante. Son corps gît maintenant dans les eaux vertes du lac Mwijiza. Les eaux de la Rusiza couleront à jamais, purifiées par la pierre qu'elle eut le courage de prendre au roi Serpent. Elles plongeaient dans les entrailles de la terre, mais maintenant elles se répandront dans tout le pays. Elles assainiront tout ce qu'elles toucheront. Elles seront fécondes et abondantes. Elles feront naître nuages et pluies, et elles iront loin, loin, jusque dans le lointain pays des Sérères, le pays d'où Niagalé est venue. Niagalé est morte, et maintenant jaillit la vie. Remercions-la à jamais.

Et tout le peuple chanta joyeusement pour sa reine. Alors le lac s'agita, sembla grandir, et de ses profondeurs, mille émeraudes jaillirent, parsemant l'herbe et les rochers alentour.

– Et toi, roi Mutobaruko, tu as sauvé ton peuple non par ta force, mais par ta faiblesse, ta pauvreté et ton impuissance que tu as su reconnaître. Sache que ceci fait de toi le plus grand de tous les rois de ton peuple. Vous Mwajis-Bambaras, acclamez l'humble roi.

Et tout le peuple acclama Mutobaruko qui pleurait toujours.

Depuis lors, les Mwajis-Bambaras se nomment eux-mêmes le peuple de Niagalé. Chacun d'eux porte une émeraude sur son front. On raconte que leur roi siège toujours sur le dos d'une tortue. Et que leur reine s'appelle la princesse des âges et la reine aux émeraudes. Tous sont ses enfants. Ils ont quitté la Vallée des Trois Lacs dont nul n'a jamais plus trouvé l'entrée. Et ils habitent maintenant un pays où ils peuvent contempler le soleil et les étoiles, un pays peuplé d'oiseaux au chant merveilleux, un pays dont les forêts et les prairies sont toujours vertes. Un pays qui s'étend toujours plus loin, et que beaucoup rejoignent.

Table des matières

Collection *RéCréation*

La spiritualité du Carmel rime avec oraison. Elle rime aussi avec récréation ! Se récréer, sous le regard de Jésus, est aussi important, aux yeux de Thérèse d'Avila, que d'entrer en oraison. La preuve ? Lorsqu'elle forme le futur Jean de la Croix à la vie du Carmel déchaussé, outre l'ascèse, elle l'initie aussi à l'art de se récréer (*Fond.* 13,5).

Pour honorer cette partie essentielle de la vie spirituelle, la collection RéCréation propose des livres de détente qui disposent à la prière pour se laisser Re-Créer par le souffle de l'Esprit Saint. « Comique et mystique », tels étaient les attributs par lesquels la maîtresse des novices de Lisieux qualifiait la petite Thérèse. Ils sont aussi la charte de cette collection !

- *La Nuit obscure*, Jean de la Croix

- *La fabuleuse histoire de sainte Gudulphine. La vie rocambolesque d'une Sainte imaginaire*, Janester

- *Lettres à mes amis les Saints*, Père Jean Abiven

Achevé d'imprimer
le 26 juillet 2024
sur les presses de
Présence Graphique
(Monts - France)
pour le compte des
Éditions du Carmel
Toulouse (France)